U0143778

二二八戰士

【黃金島的一生】

黃金島〔著〕　潘彥蓉、周維朋〔整理〕

黃指揮官金甌惠存

追思扁牛欄之役

戰役時經五十秋
同懷英烈悵鄉愁
舊痕縫合蠲前恨
民族和諧拓遠猷

八六、三、一六 黃尉書

目　錄

第三部　國民黨黑牢二十四載

自序

第二次世界大戰後，台灣人何罪？在中國人刀槍下被迫作中國蔣家獨裁政權下的三等順民。經過二二八慘案與白色恐怖，台灣人呻吟過著三、四十年的悲慘生活，使我深深體會了生爲台灣人被迫作支那人的悲哀與無奈！

此刻，正是我們台灣人生死存亡的關鍵時刻，我們台灣鄉親千萬不要再沉默坐視，爲了我們子孫更有尊嚴的生活，我們必須拒絕蔣家殘孽份子的欺詐陰謀、拒絕繼續作中國的順民。

筆者深信，此刻正是我們台灣鄉親再次面對抉擇的時候，願這本《二二八戰士：黃金島的一生》的血淚事實經過，能喚起台灣鄉親凝聚共識，團結一致，勇敢地站起來，支持我們台灣本土政權，建立自己的國家，完成台灣人的神聖使命！

《二二八戰士：黃金島的一生》這本書能和各位見面，有幾位需特予一記的人士：陳儀深教授、張炎憲館長、王世勛立委、林宗男縣長、洪敏麟教授、林美蓉小姐、曾秋美小姐、廖繼斌夫婦等，當我在困境中，他們不斷地給我鼓勵協助；還有林惠敏小姐、潘彥蓉小姐、許美茹小姐、周維朋先生，在百忙中對這一本歷史見證錄打字、編輯的辛苦，在此表示我深深的謝意。

第一部

中日戰爭中的孤兒

台中的田庄囝仔

我出生於1926年9月28日，是台中南屯的田庄囝仔。我的本名是黃圳島，「二二八事件」後，爲了逃亡，改名爲黃金島，此後就一直使用黃金島這個名字。直到1991年，因爲發現親戚向戶政機關登記死亡宣告，霸佔我的財產，必須改回原來的名字，才能恢復戶籍，要回財產，於是我才改回本名黃圳島。

南屯舊名「犁頭店」，是台中最早的文化發源地之一。以前耕田最重要的功夫就是犁頭，犁頭做得越好，將來農作物的產量就會越多，因爲有專門鑄造犁頭的人在南屯營業，所以稱爲

作者與公學校及青年學校時代的日籍劍道老師盛田茂雄

「犁頭店」。

我們家是中產階級家庭，祖父務農，村人稱我們家爲「竹圍仔」。我父親改行經商，我十歲那年，父母因意見不合離異，因爲我是大房所生，又是長孫，所以由曾祖母管養。曾祖母不但識字，數學也是一流，是叔公經營的「和春商行」的好幫手。

我讀的是「南屯公學校」，五年級時，因爲鄉下的小學水準比較差，爲了考取中等學校，我轉學到台中市「村上公學校」。在「村上公學校」時，我碰到一位日籍的劍道老師盛田，盛田老師是海軍出身，他十分疼愛我，對我日後一生的影響很大。

作者與昭和齒科醫院院長張深鑐

負笈日本

可能是民族情感使然，以前台灣囝仔和日本囝仔經常起衝突。原本我打算在台灣升學，但就在投考台中工業學校前夕，卻因故和日本小孩打群架，我受到家人責備，負氣離家出走，沒有趕上考試，於是到昭和齒科醫院應徵當助手，這時候我也考上村上青年學校，一面在醫院工作，一面在學校讀書。

昭和16(1941)年，我受到院長張深鑐先生的鼓勵，轉往日本求學。我跟著一位在日本經商的鄉親吳先生到東京新宿區的大久保，準備隔年春季的考期，在日本過著半工半讀的生活。

台灣人以前的舊觀念是讀醫科最好，雖然我對醫科不感興趣，可是因爲家裡的人希望我唸，所以我就準備唸醫科。那時正好是二次大戰期間，日本實行食物配給，人民雖然餓不死，但也吃不飽，日本政府還動員學生到軍需工廠勞動服務，所以學生們幾乎沒有讀到什麼書。

前往海南島

一、投考日本海軍運輸部

這時日本已一步步陷入第二次世界大戰的泥沼，日軍接連在中途島等海戰中失利，海空權轉移到盟軍手裡。日本本土已經可以感受到戰爭的壓力，物資匱乏，配給逐漸短少，軍部不斷徵召人員，連學生也被動員到軍事工廠去勞動服務。在這種戰爭氣氛濃厚的環境下，本來我是滿懷希望到日本求學的，但這時也只能以求生存爲第一要務了。

就在這時，有個日本同學岡村君告知，他的遠親木村技手正在招考海軍運輸部派赴南洋的技術人員，於是我也報名參加考試，半個月後，收到了錄取通知。又過了一個月，也就是1942年3月中旬，通知我到橫須賀海軍報到，有眾多日本朋友來相送。

報到當天上午，我領到衣服、毛毯與一些日用品。下午，由海軍派來的高級軍官主持一項任命儀式，我和其他一同報到的同伴被任命爲海軍軍屬，正式投入日本海軍的行列。黃昏時，我們分乘幾輛卡車往西南方行駛，不久到了橫濱港碼頭，有一艘運輸艦已經昇火待發等著我們。大家魚貫上船後，依分配到的位置各自休息。我還記得當天夜裡聽到軍艦出航前隆隆的拔錨聲，隨後就航向了未知的大海。

二、航向海南島

隔天早晨，我到甲板一看，船正在一望無際的海洋中航行，前方還有幾艘同行的友船。上午十點，海軍長官下達集合命令，我們開始輪班接受訓練，學習如何區別敵機、潛水艇、水雷，以及監視和發警報等等。

三天後，我們終於見到中國海岸，並沿著海岸線向南方加速行進，不久又進入了茫茫無際的大海。這時同行的友船若隱若現地浮沈在遙遠的海平面上，記得剛出航時還有一艘驅逐艦在前面護航，但此時已不知去向。

平安航行了兩天後的下午，前方一艘運輸艦不幸被魚雷擊中，我們這艘運輸艦和其他友船紛紛派出救生艇救人，我也是救生艇上的一員。黃昏時，風浪越來越大，一個大浪撲向我乘坐的救生艇，小艇立刻翻覆，我第一個反應就是跳入海裡。說起來很諷刺，本來我是要救人的，這時候卻等著別人來救。

我們費了九牛二虎之力才把救生艇翻過來，開始把在海上抱著木材載浮載沉的戰友們一一救上船，直到天快黑時，才將落海的人全都救起。救援行動結束後，軍艦朝著目的地繼續航行。第二天下午，我們在一個不知名的小島嶼邊停下來，聽說據情報顯示，前方有敵人的潛水艇在活動，我們在這裡躲了一天一夜後才再度啓航。

這樣提心吊膽地航行了兩天，軍艦駛近一座島嶼，岸邊的椰子林裡突然出現一根紅白線條的旗桿，上面掛著日本帝國海軍的軍艦旗。後來船上的工作人員才告訴我們，這裡就是海南島的三亞港，也是日本重要的軍事基地，有陸、海、空等軍事設施。

軍艦駛近岸邊後，港口駛來一艘小艇，帶來一批軍醫和醫務人員，在他們登船檢驗後，才准我們登陸。

三、在三亞機關區受訓

1942年4月4日，日本本土應還是很涼冷的季節，但南國的氣候卻令我們熱得發昏。登陸不久，我們被安排在沙灘上的帳篷裡度過在海南島的第一個夜晚。南中國的夜空眞是美極了，萬里晴空中的月娘在眾星拱伴下，嬌娓作態，與南十字星一閃一閃地在銀河中鬥妍爭輝，我沈醉在這深夜的美景中，竟忘記了睡覺。

我們住在沙灘上的帳篷接受了兩天的身體檢查，檢驗及格後，我被分發到海南島海軍運輸部三亞機關區接受輪機人員訓練。三亞機關區的訓練課程，不但每日排得滿滿的，而且很嚴格，理論與實習操作並行，我每天都被功課壓得透不過氣來。其他人也陸續被分發到海軍設施部、持務部等單位。

在此我要鄭重聲明，海南本線的鐵路是由海軍鐵道部負責施設的，這是台灣青年的血汗結晶，因爲全部工作人員除了少數日本人之外，都是台灣青年。

四、死裡逃生

抵達海南島不久，我就被炎熱氣候和海南特有的熱帶病菌打倒了。我病得不輕，一開始就發熱到四十度，只記得屋頂的天花板一直在旋轉。禍不單行的是，我正在醫務室等待救護車轉送海軍醫院時，美國的B29轟炸機對海南島展開全天候的大轟炸，炸得天翻地覆，彈片滿天飛。恰有一片彈片落在我腳邊，我撿起來一看，不但尖銳異常，還很燙！這是海南島第一次受到美軍的大轟炸，我躬逢其時，時間是昭和17（1942）年5月4日。

這次美軍大轟炸，一點都不馬虎，近午時分的第一波空襲中，頭一顆炸彈就對準了三亞空軍九基地的燃料庫，炸得濃煙直冒。說時遲那時快，日軍基地的高射砲、對空機關炮，也一齊發射，空中不斷出現一朵朵的煙硝。日軍各基地的倉庫、軍事設施都被炸得唏哩嘩啦，人仰馬翻，彈片、血肉到處亂飛。眞沒想到，我踏上海南島才一個月，就受到了前線砲火的洗禮。

美軍一直轟炸到日落西山（記得海南島日落是八點半左右）才停止，這時日軍總動員開始清理戰場。我到藥局領藥時，看到醫務所外面一座五百公尺寬的廣場，陸續運來一具具各單位清理出來的屍體，有的有手無頭、有的有頭無身，血肉模糊的屍體排滿了廣場，令人不忍卒睹，這種浩劫，實在是無語問蒼天。

美軍大轟炸造成三亞軍事基地鉅大的損害，尤其是人員死傷累累，靈場上增加了很多新靈位，其中有不少是台灣青年。

昭和17(1942)年5月5日，正是日本的兒童節，我被送往海軍醫院療養，沿路有許多吊在椰子樹上的鯉魚旗迎風飄揚。有一天，我無意中遇到闊別多年的堂叔黃德坤，他是幾年前從台灣岡山海軍航空隊機場，被派到海南島三亞第九基地當技術人員。異鄉遇故親，眞是喜出望外。海軍醫院和海軍航空機廠只隔著一條鐵絲網，我常在他們下午下班後，偷偷跑到他們的宿舍談天。堂叔和我在海南島分手後，再也沒有回到台灣，我們從此不曾再見面。

經過半個多月的住院療養，痊癒了，我馬上回到原單位接受未完成的課程。由於有這段時間的訓練，我除了不會開飛機，戰車、火車都會開。受訓結束後，還要通過畢業考試這一關。我因爲生病，落後半個月的課程未修完，必須快馬加鞭才能趕上進度，這讓我更能體會勤能補拙的意義。

不久我收到考試及格通知及海軍機關助士任命書，月薪七十元，吃、住都由軍部提供。當時我的薪水算是很高，在台灣，一個乙種警察的月薪是十九元，老師才三十元。

接到任命書後，我每天在勤務機關車上飛奔，後來我被派去北黎機關區教導見習生。我教導的見習生中，有兩位是來自南投竹山的廖火旺和黃木林，聽說二二八事件發生時，黃木林在竹山街上被中國兵當場打死。這消息是二二八事件發生後，我在埔里對抗中國軍隊時，有一天要到半天山，路經竹山時遇到廖火旺，他告訴我的，我痛失了一位戰友。

黃金島（右）與吳振武合影（左）

五、考上海軍志願兵

台灣人與日本人的地位並不平等，這是台灣人的悲哀，因此，無論如何我們都要爭取當家作主，我認爲第一步就是要先拿到兵權。台灣人雖然繳稅，但日本政府並不讓台灣人服役，台灣人要當日本的軍人並不簡單。日本軍校的要求十分嚴格，如果能夠考進軍校，將來考大學也一定沒問題。後來有海軍志願兵制度，爲了爭取台灣人和日本人的平等地位，我在北黎機關區勤務中，考上了海軍志願兵（六百多名中只錄取一百名）。

我在同事們熱情的歡送聲中，到橫須賀海軍第四特別陸戰隊司令部報到，並被分發到橫須賀海兵團某個分隊接受軍事訓練。當時日本海軍一個二等水兵的薪水只有十九元，我放棄海軍機關助士的高薪去當兵，的確有點傻，但是軍人的權力很大，海軍技術部的人看到我，都必須向我行禮。

我在海兵團接受了日本帝國海軍最嚴格的課程和陸戰訓練，結訓後，我通過考試，再被分發到海軍第七機動部隊（作戰部隊）[1] 接受實戰訓練。這些寶貴的實戰課程，在日本國內的軍事教育是無法學得到的。當時負責訓練我們的，是台灣籍的預備軍官吳振武先生。他是當時唯一的台灣人海軍兵科軍官，軍階為少尉。日本軍官很受人尊敬，每人配有一台小包車，上面插著旗子，十分威風。

我們的基地在黃流金雞嶺山上砲台，我所屬的作戰部隊在山腰上的地洞裡，周邊都是墓地，每天都是在聯合作戰、討伐戰、潛伏戰、情報戰中度過。在晝伏夜出的集訓中，我們每一個人都被訓練成軍人中的軍人，經過這樣的磨練，我已經禁得起任何惡劣的環境考驗了。

六、南國生活趣談

一談起前線的作戰部隊，大家都會認為在嚴肅如鐵的紀律下，每天過著緊張和血與汗的生活。其實有時候也有輕鬆的一面，比如說作戰回來或過節慶日、有人晉升時，都會舉行酒會來慶祝一番。

記得某次酒會後，有一位吉田兵曹（士官）還意興未盡，藉著幾分醉意，說還要再喝。那時我們每日都生活在離黃流城很遠的金雞嶺山洞，偶爾才有酒會，大家都希望能喝到盡興而歸。於是吉田兵曹要求我們陪他到一公里外的一個村莊（高等村）去找村長買酒菜。

酒菜是村長太太煮的，酒桌就排在外面的庭園。那天晚上

[1] 第七機動部隊不但火力強大，都是現代化的自動武器，而且戰鬥人員全部都 是軍人，沒有軍屬，是一支反游擊戰的作戰部隊。

萬里晴空，一輪明月掛在天空，格外明亮，我和三、四位日本同事圍坐四角桌，還有村長夫婦作陪。酒過三巡後，南國特有的地瓜酒已經讓大家醉茫茫了，日本人飲酒後尤其會藉酒裝瘋，吉田兵曹等人帶著幾分醉意，大吹特吹日本文化中的武士道精神，並誇稱日本文明城市有多進步。作陪的高等村村長聽了那麼多日本軍人誇耀日本文明，心想自己身爲一村之主，似乎也該拿出一點什麼來向日本皇軍獻寶。突然間，這位村長問我們：「皇軍先生，剛才你們說日本有多麼文明進步，但我們海南島有這樣明亮的月光，不知你們日本有沒有？」村長這一問，眞把我們問傻了！這時已有濃濃醉意的吉田兵曹忽然跳起來說：「誰說日本沒有月亮？」他問村長，東邊在哪邊？村長向東邊一指說：「在那邊！」吉田兵曹很高興地說：「對了！日本在東邊，村長你現在所看到的月亮是從日本國出來，走到你們海南島來的，是日本國的月亮。日本國讓他出來，你們村民才有這明亮的月光可以看！」村長聽到這似是而非的謬論，一時爲之語塞，但我們卻被吉田兵曹的謬論笑彎了腰。

七、我救了中國人

在一次進攻尖峰嶺的作戰中，我救了一些無辜的中國人。當時我所屬的分隊奉命守在山丘上，監視村落後方的廣場，當日軍攻入時，凡經過廣場逃入森林的中國人都格殺勿論。

那次日軍進攻時，我看到很多中國老幼婦女都驚恐地跑進我們的武器射程內，當日本兵要開槍射擊時，我阻止了這一場屠殺，救了這些無辜的生靈。

日軍有一個很嚴格的不成文規定，軍階地位第一是志願兵，第二是現役兵，第三是補充兵，第四是國民兵，第五是軍屬。當時我告訴這些日軍同事（大多是補充兵和國民兵）：「戰爭雖然殘酷無情，但戰爭有戰爭的道德規範，尤其對這些無辜的婦女老幼，就讓他們進入森林逃生吧！」

實在想不到，我的好意後來竟被中國軍隊以怨報德。

八、帝國海軍的斬首文化

海軍每日的升降旗典禮不但莊嚴隆重，而且時間分秒不差，很準時，除了任務在身者之外，所有人一律要參加。我從作戰部隊被調回司令部後近半個月的某日傍晚，用完晚餐不久，也要去參加降旗典禮。

當我剛走到司令台前的廣場時，看到警衛司令室旁邊有幾個在軍法處服務的印度阿三正拿著水桶站在那裡東張西望。當時我直覺氣氛和往常不一樣，於是小聲問我旁邊的深尾兵長：「印度阿三拿著水桶在那裡幹什麼？」深尾兵長告訴我：「今天降旗典禮後，要對經軍法審判的某些破壞軍事設備的反日份子執刑。印度阿三拿著水桶，是裝水給劊子手洗軍刀血水用的。」深尾兵長還告訴我，看斬首時不要亂說話。這意思我懂了，就是要我看斬首時，不可對反日份子發出同情的感嘆聲或有什麼害怕的動作，否則會引來麻煩。

降旗典禮完畢的號令聲響起後，很多參加典禮的軍人軍屬陸陸續續走向海邊刑場。我跟著深尾兵長走到海邊刑場，那裡已經掘了一個約有十八塊榻榻米大小的長方形砂坑，三邊圍著剛參加過降旗典禮的軍人軍屬。我到達時，只有離執刑台約六台尺處空著沒人站，這個位置不但視野最好，而且劊子手的一舉一動，甚至被行刑的人流了幾滴血，都一目瞭然。

此時我已是上等水兵，但還是一個不知天高地厚的十九歲少年兵，以前在作戰部隊時，小場面看了很多，但這種斬首的大場面，我還是第一次參加的外行人，因此我選了一個最好的地點要目睹這一切。後來我才知道為什麼那些老兵會選最遠的地方站，因為他們都知道，有些劊子手心血來潮時，會命令站在旁邊的人去當臨時劊子手。難怪我選的「好位置」，老兵們都敬鬼神而遠之。

不久，執法的甲板下士官（海軍憲兵士官）和先任下士官陸續到達刑場。被執行死刑的反日份子有的已經被關得不成人形，瘦得像樹枝般的站在那裡發抖，但其中也有幾個還保持得肥肥胖胖的。這時先任下士官看他們全部到齊，下令軍法處的押解人員用布蒙起這一批死刑犯的眼睛，在先任下士官下號令行刑的同時，軍法處的押解人員就把死刑犯一個個押解到砂坑口。這時，在一旁觀看的軍人軍屬都可以感覺到空氣中凝結的氣氛，似乎靜得連一根針落到地面都可以聽到，十分肅靜。雖然這些軍人軍屬都是身經百戰的戰士，但此刻卻緊張得連空氣都會凝結。

在這樣的氣氛下，押解員不斷地執行著他們的任務，命令受刑者跪在砂坑邊，頭頸向前伸，站在後面待命的劊子手就用日本武士刀（軍刀）對準脖子一砍，當腦袋掉下來，劊子手又用腳將屍體一踢，屍體和頭顱就應聲掉落砂坑裡。眞是乾淨俐落，有板有眼，一點都不馬虎，這些動作顯示他們眞是經驗豐富的劊子手。

但如果遇到比較生疏的劊子手就慘了！在這次行刑中，我看到一個胖胖的受刑者的脖子被劊子手砍了三、四次才把腦袋砍下來，十分悲慘。還有一個劊子手用軍刀一揮就把腦袋砍落在砂坑裡，但屍體卻依然動也不動地跪在坑口！眼看他脖子的筋氣彷彿一眨眼就要縮下去的同時，脖頭脫出，紅血如噴水般噴出，眞是慘不忍睹。

正當我看得發呆，突然有人叫我的名字，回頭一看，擔任劊子手的先任下士官不知何時已經出現在我的面前，他用銳利的眼光看著我說：「廣島上等水兵（我那時十九歲，升兵長前的階級是上等水兵），你怕不怕？」這話眞把我嚇了一大跳，心裡發毛，但我下意識地立正，向他敬一個標準的海軍禮：「報告教官，我不怕，不怕！」我正爲剛才緊張的愚昧回答而懊惱時，先任下士官打量了我一下，點點頭就走了。他是滿意我勇氣十足的回答？還是另有他意？我想不透！但是站在一旁的戰友們卻爲我捏了一把汗，他們擔心我會被拉去當臨時劊子手，屆時恐怕死刑犯未倒下，我就先暈過去了。

隨後天色漸漸暗起來，劊子手們一個接著一個頻頻揮舞著武士刀，似乎要趕在天黑前完成這些任務。被砍落的頭顱和屍體堆在砂坑裡，有些受刑人雖在行刑前就暈過去了，但後來不知何故，掉落在砂坑裡的頭部發出刺耳的慘叫聲！

劊子手行刑完畢後，照以往的慣例，在場的每一個人都必須用手捧著海砂，灑入砂坑裡。當我捧著海砂拋向這些爲他們的國家犧牲的死者遺體時，我默默地禱告，希望戰爭早日結束，和平早日來臨！

九、中國人搶中國人

我在作戰部隊待了將近一年後，被調回司令部待命，不久又接到去石碌派遣隊報到的命令。我和十幾個日本戰友搭乘北黎到石碌的早班列車，這班列車的前頭車廂坐滿了中國商人、婦女和小販，我們坐在最後面的車廂。中途，列車突然遭到不明游擊隊的襲擊。

這次遇襲，我親眼看到國民黨軍搶劫的對象竟是自己的中國同胞，而不是日軍。我看到游擊隊搶奪一名婦女腰帶上的錢包，被搶的婦女拚命要搶回錢包，被一槍打死在地上，當時的慘景至今還縈繞在我的腦海裡。

前面車廂的海南人財物被洗劫一空後，這批游擊隊在豬隻的尖叫聲中匆忙逃走。隨後日軍馬上派我們追查是哪個游擊隊所爲[2]，結果我發現游擊隊匆忙逃跑時，掉落在路徑上的幾頂竹編帽，上面佩有青天白日帽徽，因此我們斷定是國民黨軍所

[2] 海南島的游擊隊有：(一)國民黨；(二)共產黨；(三)土匪。

爲，這與日軍後來所得的情報是一致的。

當這位婦人的屍體被運回北黎火車站時，她的丈夫帶著兩個小孩抱屍慟哭的情景令人鼻酸。這是國民黨開口閉口抗日八年救同胞的最好寫照嗎？

因鐵路已被破壞，後來我們又回到司令部，改乘軍用卡車於半夜出發，到達目的地石碌派遣隊時，已經是翌日清晨三點多。由於趕夜車，旅程勞累，我一直睡到九點多才起床。早上十點集合時，派遣隊長對我們講話，這一位在天高皇帝遠的深山擔任派遣隊長的軍官是山田准尉，也是我在海兵團受訓時的分隊副。本來石碌鐵礦山的現代化工廠是由日本窒素公司經營的，因戰事失利與補給困難，被迫以戰養戰，這些工廠都被軍方徵收做爲軍需生產工廠，所以我們被派駐這裡的任務，是督導軍需生產與安全工作。在石碌派遣隊的勤務中，我認識了很多在這裡工作、經商或行醫的台灣鄉親。

十、日本人開發石碌鐵礦山的經過

1937年夏天，日本窒素公司爲了開發海南島的水力資源，曾派遣一支探查隊到達島上最大的河流——昌化大江上游，無意中發現了石碌鐵山，鐵礦品質非常優良，含鐵成分百分之九十，蘊藏量有數億噸，可以說整座山都是鐵礦。

對當時的日本而言，開發石碌鐵山是日本在南洋最大的投資事業，投資金額高達二億五千萬圓日幣。工事最盛時，日本的技術人員就有四千多名，台灣籍的技術人員和勞動者有一萬多名，還有四萬多名中國籍的勞動者。

爲了運送鐵礦，日本花了三年時間，在遍地沙漠的海岸上建築一個能運載五百萬噸鐵礦的人工港口——八所港，以及從八所港到深山礦地，又有長達四十八公里的鐵路設施。另外還有一條海南鐵路本線，從榆林、三亞到北黎，長一百八十七公里，也是由海軍鐵道部所建設(我也曾在海軍鐵道部服務過)，除了少部分是日本人勞務，大部分設施工作都由日本籍台灣人完成。在台灣人以外，日本還動員了包括香港人、中國人等好幾萬名人力。而八所港到石碌的支線，則是由韓國人完成。

窒素公司在石碌礦場建築了不少現代化的機械採礦工廠。當時日本在這未開發的荒地進行了四項大工程，分別是：(一)水力發電廠一座。(二)鋪設鐵路二百卅公里。(三)建築現代化設備的人造港。(四)在鐵礦山建造機械化的採礦設備。這幾項巨大的工程，日本只花了三年就全部完成了。

爲了應付工作人員染上風土疾病，日本也在當地建造了不少醫院，並派出二百多名醫務人員在各工程地區服務。

十一、日本投降

昭和20(1945)年8月15日，日本軍方宣佈停戰，同時傳來所有戰鬥部隊要加強戰備，以迎接下一回合更激烈的戰鬥的命令。但我從幾個情報管道得知，日本已經戰敗了。

日本投降後，在戰地的日軍受蔣介石委託代爲維持治安，直到重慶方面正式派軍來接收爲止。在代爲維持治安的這段時間，我和幾位當翻譯官和情報工作的台灣同事，經常利用空檔跑到昔日的敵區，訪問幾位戰時因同情中國人抗戰，投身國民黨或共產黨軍隊的台灣鄉親們。

戰後海南島見聞

一、國民黨收編的土匪團長

在中日戰爭中，有些土匪趁機搶了幾個部落，控制了一些村莊，隨後蔣介石就派政工人員來把這些有實力的土匪收編爲中央軍，只要這些土匪效忠蔣委員長就有官做，就算他們過去是欺壓百姓的殺人魔王也不例外。但是這些土匪頭目當了團長大人後，卻鬧出很多笑話。

戰後不久，我和一位台灣翻譯官去探訪一位在三亞山區擔任中國軍團部教官的前日本海軍巡警，當我們走近國民黨軍的兵營時(所謂兵營，不過是幾間民房而已)，聽到過去的土匪頭目(現在已經官拜國民黨中央軍上校團長)正在大發雷霆，咆哮之聲清晰可聞。我們進去一看，一個被五花大綁的士兵跪正在地上求饒。那位教官看到我們進去，偷偷暗示我們不要說話，他們正在召開軍事法庭。

團長大聲吼問被五花大綁又頻頻求饒的士兵說：「你爲什麼要開小差(逃兵)？我這個團長對你們還不好嗎？吃喝拉撒睡不用說，搶來的你們都有份，你們要吃香的喝辣的都依你們，我這個做團長的哪一點對不起你們，這樣你還要逃跑，你他媽的祖宗八代，你眞對我們蔣委員長不忠，對我這個團長不義！」

他越罵越氣，最後我們只聽到一句：「把他拉出去槍斃！」

這位跪在地上的士兵又擣頭如擣蒜似地求饒著，旁邊的人也七嘴八舌幫他向團長說好話。

這時有一位政工人員拿著一張紙交給團長說：「團長，您要在這一張紙上批一批，寫上槍斃二字，送到中央才算數。」團長很不服氣，又理直氣壯對這中央派來的政工人員說：「老子過去斃了那麼多人，都沒有批什麼這玩意兒？」政工人員耐心告訴團長說：「你現在和以前不一樣啦！你現在是中央軍的大官，所以要報給中央啊！」就這樣，這團長才勉爲其難地拿起了毛筆，猶豫了一下，寫了一個大拇指般大的「槍」字，可是下面的字卻搖搖頭就沒有下文了。我們都知道這個「斃」字他是不會寫的。

最後團長把剛才寫的「槍」字用毛筆劃掉說：「那麼把他拉出去殺頭好了！」這位團長認爲槍斃要批，殺頭就不用批了。但這位中央派來的政工人員又說：「報告團長，中央規定殺頭也要批啊！」團長瞪大眼睛說：「老子殺人用不著你們中央的子彈啊！」政工人員不慌不忙地告訴團長：「因爲士兵的人數已向中央報告，沒有團長批示，不能報銷的。」團長很不情願又不服氣地拿起了毛筆寫了一個「頭」，但上面的「殺」卻又沒有下文了。

大家忍著氣看這一幕精彩的滑稽節目，這在一個文明國家是無法理解的事。後來團長很不情願地回過頭，小聲向政工人員說：「用什麼處罰才不用批？你知道我這老粗寫字比打戰還難呢！」政工人員對團長說，只有打屁股的處罰不用批。團長聽了，馬上下令把小兵拉出去打五十大板。就這樣在大家的求情中，這幕中國軍營的軍事審判才結束，大家都鬆了一口氣。

二、海南島的中國內戰

戰後日軍代管期間，日軍對中國國民黨或共產黨任何一方都絕對保持中立，除了受到攻擊才會還擊以外，對中國的內戰一律不加干涉。那時候我們常跑到司令台的瞭望塔上觀望，任何一個地點，我們在司令台的瞭望塔上都可以看得一清二楚，尤其北黎街的國民黨和新街的共產黨只隔著一條河川，他們遣軍、派炮的任何動作，我們都瞭如指掌。我們每天在這瞭望塔上觀戰，套一句俗話說：站高山，看馬相踢，正是此景最好的寫照。

有時我們也會跑到北黎街去溜躂。有一天我在北黎街往新街的河川口看到一個人頭吊在樹上，正被風吹得左右擺動，還有一些鮮血滴在地上，可能剛被砍沒多久。我們問在旁邊站衛兵的國民黨游擊隊員，才知道是河川對面的共產黨派來的奸細，被抓到後砍頭，要嚇唬嚇唬共產黨。

從國民黨和共產黨互相爭奪北黎街和新街的戰況，不由得使我想起了第二次世界大戰中的一段往事。時當我剛從作戰單位調到司令部的某個晚上，日軍得到一項情報說，有若干游擊隊正打算侵入新街。因爲沿海這一帶的北黎、新街都是日軍的防區，日軍馬上派出一支應急隊去攻擊，我也是其中一員。

佐野兵曹帶著我們二十幾人出發，從北黎街到新街河川出口處涉河，向新街河邊的游擊隊開火。就在我們這隊出發不久後，日軍指揮官又再派出一隊便衣從新街後面去包圍中國游擊隊，兩邊夾攻。但我們對指揮官的計劃並不知情。當我們進攻到新街河邊時，發現對方打過來的火力也很猛烈，納悶對方竟有這樣強烈的攻擊火力，很不尋常，因為平常日軍以現代化武器對付這些中國游擊隊，二三下就清潔溜溜了。但這次他們卻發揮頑強的戰力，讓我們感到很不可思議。後來對方突然打出一個信號彈，我們才恍然大悟，原來是友軍，乃立刻停戰。互相照面後才知道，原來我們出發後不久，指揮官又派出便衣隊。至於中國游擊隊，早就在日軍的夾縫中溜走了。

我猜想，這個游擊隊的戰術可能是前日本兵的台灣巡警投靠中國游擊隊當參謀後所出的餿主意，因為只有他們才瞭解日軍常用的戰術。後來這些與中國抗戰有關的台灣人，在中國勝利後都沒有利用價值了，一個個棄之如穿過的草鞋。

這些殘酷的事實，後文「『反正』門裡的台灣人」再詳述。

所謂「反正」兩字，是戰後中國人賜給抗戰時從日軍投效到中國軍營的台灣人的稱呼。當中國人一個一個到接收來的機關裡當官時，這些抗戰有功的台灣人卻都被集中在各廟祠裡，大門上還貼有一張寫著「反正」的字條。

海南島的台灣人集中營

一、關入集中營

做爲一個歷史的見證人，我有義務讓年輕人知道當時台灣人被欺負的情形，這是身爲台灣人的悲哀。

戰後，我們歡天喜地地歡迎「祖國」軍隊，大隊人馬穿草鞋、帶雨傘、背鍋子，浩浩蕩蕩地前來接收，好不熱鬧。他們緊張兮兮地進駐了日軍軍營，我們將日軍的裝備和防線移交給「祖國」的抗戰英雄後，這批自稱勝利者的國民黨軍，不久就將口中稱呼的「親愛的台灣同胞們」和日本的軍人軍屬分開。

台籍軍人、軍屬分別被羈留在海南島的四個集中營：(一)海口附近的秀英港集中營(相當於台灣基隆方位)，收容四、五千名。(二)三亞集中營(相當於台灣高雄方位)，收容八千二百二十七名，人數最多。(三)北黎附近的八所集中營(相當於台灣北港方位)，原爲日軍收容英軍戰俘的收容所，我就是被收容在此，這裡有一千六百名。(四)陵水集中營(相當於台灣屏東方位)，收容四百二十名，人數最少。以上共有一萬七千多名。

當台灣軍人軍屬和日軍分開後，日軍司令官還曾向中國司令官求情，要求分一些軍糧給台灣人吃，但中國的司令官大人卻像剛吞進一塊肥肉又要被挖出來似的，十分不情願，但最後還是苦著臉勉強答應了。於是我們派出十多個公差去領公糧，美其名是軍糧，其實不過是一些鹽、醬油、麵粉、味素(豆瓣醬)，南瓜乾和雜糧而已。從領軍糧的地方到八所集中營有十多公里的路程，爲了運這些糧食，我們請求卡車支援，但偉大的「祖國」司令官卻一滴汽油也不發給台灣人用，借空卡車還要日本司令官以人頭保證。

雖然日本司令官不斷替我們台灣同胞向中國官方請求、講情，但都被一一拒絕。對於中國官方對待我們的這種「同胞愛」，日本司令官也只有無奈苦笑，勉勵我們要拿出過去的海軍精神，用人力把這些好不容易得到的糧食推回十多公里外的集中營區。我們一面奮力地推著卡車，一面擦著流下的汗水，此時全身濕漉漉，已分不出流下的是汗水，還是生爲台灣人無奈與悲情的淚水。

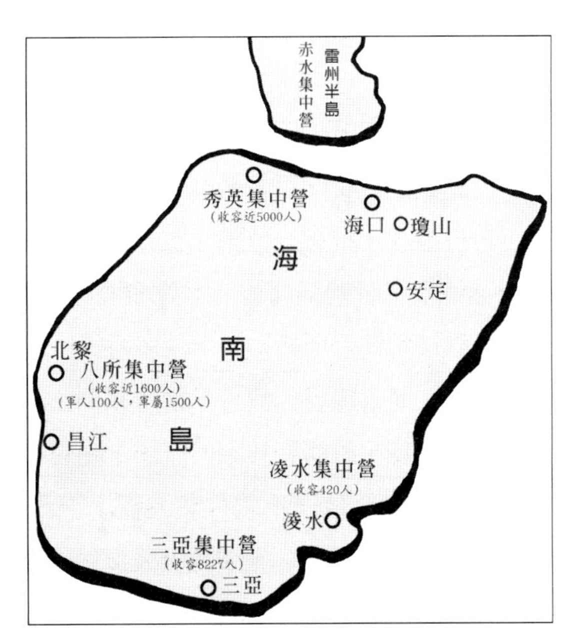

就這樣，被羈留在各集中營的台灣軍人軍屬被偉大的中國國民黨軍「親切」地照顧著，每日與飢餓和病魔纏鬥，餓死與病死的人不計其數。

相較於日本兵，當1945年8月

15日日本敗戰後，在海南島的日本軍民於同年年底都全部被遣回日本。但同在海南島的台灣籍軍人軍屬，卻拖到1946年年底付出無數青年的生命後，才狼狽地返抵故土。比起日軍的遣返，足足慢了一年之久。

當時從北黎橫須賀海軍第四特別陸戰隊調到三亞日軍海南海軍警備府的黃清潭翻譯官（我們在北黎時待在同一個海軍陸戰隊），戰後曾親耳聽到日本海軍司令和剛從大陸來接收的國民黨軍司令的談話內容。日本海軍司令向國民黨軍司令說：「台灣籍軍人、軍屬是日本從台灣徵召來的，因此日本國有義務把台灣籍軍人、軍屬帶回台灣交給他們的父母。」但國民黨軍司令卻提出相反的意見：「台灣人現在是我們自己的同胞，我們中國是戰勝國，自會好好照顧自己的同胞！」敗戰的日軍司令無以回答。

二、見識中國的回扣文化

我和其他一千六百多名台灣籍軍人軍屬被羈留在八所集中營，自行編隊，推選一位總隊長對外交涉，我記得是一位姓黃的海軍警察出身的南部人，爲人豪爽，長得也是一表人才。

我們被關進八所集中營半個多月後，第一次接到「祖國」軍方要發給台灣人糧食的消息。當時我們正在斷糧邊緣掙扎，接到這樣的消息，歡喜若狂，大家馬上動員起來，由事務人員加班製作名冊，全員一千六百多人蓋上手印後，再交給黃總隊長，代表我們到中國官方那裡領糧食和副食費。但黃總隊長領回來的糧食與副食費比實際人數一千六百多名少了很多，大家紛紛指責他的不是，黃總隊長的理由是：「中國官方的主辦人員說，以往的慣例就是這麼多，要不要由你！」他認爲我們也快斷糧了，只好委曲求全。

對受過日本教育的老實台灣人來說，哪裡瞭解中國官場上回扣文化的奧妙？雖然事隔多年，黃總隊長被大家指責而無奈垂頭的情景，如今還深深地印在我的腦海裡。隔天早晨黃總隊長失蹤的消息傳遍了集中營。我現在想起來，也眞爲這位黃總隊長叫屈。

三、集中營的管理

除了回扣以外，我們最頭疼的就是管理集中營的中國衛兵。

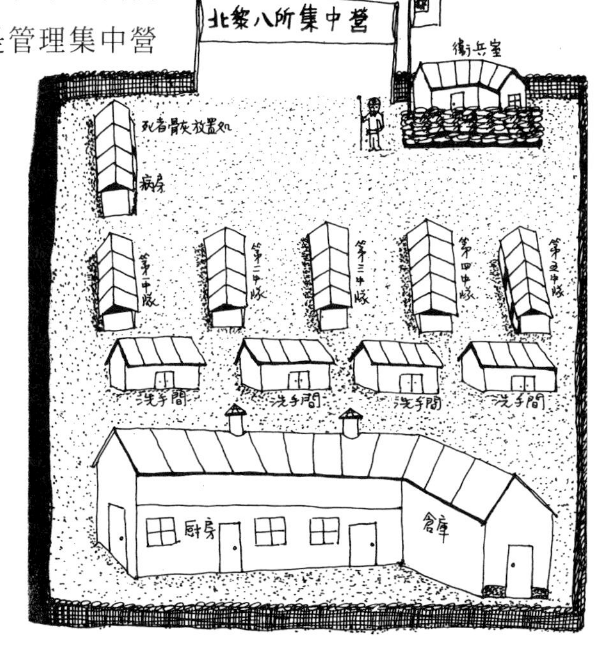

這些中國衛兵對我們僅有的衣物覬覦不已，搶奪事件屢見不鮮。北黎八所集中營以前是英美俘虜營，只有一個正門，周圍都用鐵絲網

圍起來，我們出入都要經過此門。每當我們出入大門時，中國衛兵就假借檢查名義，見到我們身上有他們需要的東西，例如手錶、衣物等，就說這些要沒收，若是不給，就用搶的。有一次被搶的隊員回來求援，大家義不容辭地團結起來去將衛兵圍起來，這時其他的中國兵也全副武裝藏在戰壕裡，槍口對著我們，害怕我們進一步接近，頻頻鳴槍示威。

中國軍這些小動作對我們這群經過南征北討的台灣軍人軍屬，起不了什麼作用，我們包圍他們，只不過是要討回公道而已，但「公道」二字對這些土匪般的中國軍來說，只有天曉得了。後來中國軍知道這些小動作嚇唬不了我們，就趕忙請他們的副團長出面緩頰說：「都是同胞，都是兄弟，大家誤會了！」安撫一番後，就這樣不了了之。自從這事件以後，我們出入就不再走正門，改爲破壞鐵絲網，從後面出入了。

講起這位中國軍的副團長，乃是當地廣東軍隊裡少見的北方人，能講比較標準的北京話。記得剛來接收時，這位副團長最感興趣的，莫過於日軍慰安所「軍中樂團」裡的一些廣東姑娘們，我常看到這位仁兄帶著這些姑娘到處逛街。有時他心血來潮就跑來集中營，同胞肉胞地亂蓋一番，展示勝利者的威風。但好景不常，有一次這位副團長帶了幾位姑娘搭乘特別爲他準備的列車到石碌視察時，被共產黨解決掉了，我還親眼見到他所坐的客車被炸得血肉横飛的慘景。

這位副團長到石碌前，還有一段曲折故事。

戰後，我遇到曾與我同在日本海軍橫須賀第四特別陸戰隊服務、後來被前來接收的國民黨軍團部留用的張德水翻譯官，當談起這位副團長到石碌鐵礦視察途中，被共產黨游擊隊襲擊陣亡的往事時，張德水先生無限感慨地說：「如果這個副團長平安回來的話，我的腦袋早就搬家了！」我問他何以見得？他說，因爲這位副團長到石碌鐵礦視察前一晚，曾交代他聯絡北黎鐵路機務段，隔天早上七點前要火車昇火待命，以便軍方使用。但張翻譯官因事務繁忙，忘了，隔天清晨將近七點，副團長的傳令兵來問到石碌的火車準備好了沒？他才記起來原來有這件事還未辦，於是火速打電話給北黎鐵路機務段準備火車。可是海南島沒有出產煤礦，戰後火車沒有煤炭燒，只好燒柴做燃料，從起火到火車可以開動，大約要二個小時。也就是說，必須延到九點多才能出發，副團長聽說要到九點多才能出發，立刻大發雷霆，還狠狠向張翻譯官丟了一句話：「張德水你記住！這次到石碌，如果有什麼差錯的話，我回來一定殺你的頭。」張翻譯官冷汗直流，終日坐立不安，一直到副團長在途中被共產黨游擊隊襲擊死亡的消息傳來，張翻譯官摸摸自己的腦袋，確定保住了後才安下心來。

副團長陣亡後，我們知道以後不必再在操場站幾個鐘頭聆聽那些沒有營養的廢話了。想不到曾幾何時，日軍移交給這一批國民黨軍的各分遣隊防線，不到三個月就被共產黨各個擊破了。以前我們台灣軍人軍屬還駐守這些分遣隊的碉堡時，共產黨根本不敢跨雷池一步。沒想到這批自稱勇敢的國民黨軍只是一群對內耀武揚威，欺壓老百姓的軟腳蝦，遇到共產黨，不到幾個月就節節敗退了。

當國共內戰越演越烈，國民黨軍被共產黨打得暈頭轉向時，還不忘把腦筋動到在集中營裡的台灣軍人軍屬頭上。我以爲那位喜歡到集中營亂吹亂蓋的副團長死了以後，我們可以輕鬆一下，想不到隨著內戰局勢逆轉，八所的台灣軍人軍屬集中營卻熱鬧滾滾，時常有一批批大官小官來遊說，請我們參加偉大「祖國」的軍隊，說當兵是如何的榮譽，還有許多好處等等。

一次又一次疲勞轟炸式的遊說，對我們這群歸心似箭的遊子來說，要爲蔣家江山賣命，實在沒興趣。但是在人屋簷下，不得不低頭，我們只好用拖延戰術和國民黨軍方周旋。我們的回答永遠是：「你們的話很有道理，當然我們願意參加！不過，先讓我們回台灣見了父母以後再說。」每次都這樣禮尚往來，你說我答，言不及義。

那段時間我們整日在接近赤道的集中營裡掙扎著，每天分配到的十三市兩糧食和副食費國幣壹佰元（這壹佰元還包括油、鹽、醬油在內），還要經過中國回扣文化的搜括，七剋八扣，已所剩無幾，每天都在飢餓邊緣。

眼看著鄉親們因營養不良而日漸消瘦，還要拖著不成人形的身體和乘虛而入的傳染病，如赤痢等熱帶疾病搏鬥，只能祈求來接我們的歸鄉船早日到達。在此情況下，因營養不良引起各種病源，由輕病變成重病，許多人沒等到歸鄉船就含恨以終了。中國官方對這種慘況不聞不問，讓這些台灣人自生自滅。

經由這個教訓，我們更領會台灣人要勇敢地站起來，除了自覺、團結、自強之外，別無選擇。

因爲我們買不起棺木，每當有台灣人病死，大家唯一能做的，就是共同撿拾一些木柴，用毛毯把死去的隊友的屍體包起來火化。而在別的集中營，不要說買棺木，連火葬用的木柴都買不起，只能將屍體用草席包捆後，像處置野狗一樣，埋葬在異鄉的荒野。這種悲慘的事實，在中國的台灣人集中營裡也是司空見慣，多得不勝枚舉。

四、三亞集中營的伙食

三亞集中營的伙食是由國民黨軍的瓊州戰俘營按月核發(各地集中營的情況都一樣)，每人副食費法幣壹佰元(「法幣」係當時海南島的通用貨幣)，這時物價一日三市，通貨膨脹嚴重，法幣壹佰元大概只能買二市兩白菜而已。此外，還有比較穩定的關金[3]， 其比率爲一萬元對關金一元。主食糙米廿五市兩(一市斤相當十三台兩)。

1946年三亞集中營收容人數與分佈情形，依據該年7月11日的統計資料如下：

中島及湖見營二千零卅四名、金雞嶺四百零八名、荔枝溝營三百九十五名、安田營一千零五十二名、響上村營一千四百四十六名。

[3] 中國舊時發行的鈔券。抗戰前後，政府爲方便繳稅而發行，當時係以海關金單位爲基準，故稱爲「關金」。抗戰勝利後流通到市面上，簡稱爲「關金」。

以上合計五千三百卅五名。

（資料由當時在集中營負責記帳的前海軍翻譯官黃清潭先生提供）

三亞集中營是由台灣籍前日本海軍軍官吳振武統轄照顧，並由台灣同鄉會三亞分會鼎力協助人數統計，備有的名冊都比較正確。1946年2、3、4月份主副食費發放情形如39頁圖表。

由此圖表可知，短短三個月的時間，副食費短發就有法幣四千多萬元，主食糙米九十三餘萬市金，短發的數目不但驚人，而且台灣人還要按中國軍所開出的數量，在收據上簽收，以示均爲足額，並無短少。這對受過文明教育的台灣軍人軍屬來說，是前所未有的怪事。只怪台灣人孤陋寡聞，不瞭解中國的回扣與紅包文化。

經過七折八扣後，集中營領到的副食費只能採購一些食鹽和薪柴而已。因此集中營的台灣鄉親們每餐只能吃糙米飯，喝毫無油水的菜頭湯，久而久之，身體一日不如一日。而且衣服破了也是一補再補，衣衫襤褸，甚至不如一個乞丐。生病了，也沒錢就醫、買藥，絕大多數人都在生死邊緣掙扎。資料顯示，1946年5月23日到7月1日間，就病死了十一個人，還不包括兩名厭世自殺的鄉親。因此吳振武常爲我們台灣人的權益，在榆林港和國民黨軍理論，有一次還差一點被槍擊中。

三亞集中營可以說是所有集中營管理得最好的一個，但境遇仍是如此悲慘，其他集中營的情況就可想而知了。

種類	月份	集中營人數	應發金額(數量)	實發金額(數量)	未發金額(數量)	備考
副食費	二月	8.227 人	24.831,000 元	3.000.000 元	21,831,000 元	每人每日 100 元法幣
	三月	8.117 人 (3.099) (5,178)	8.057400 元 15.534.400 元 小計 (23.591.000)	17,703,300 元	5.888.100 元	總人數中之 3,099 名係於 3 月 27 日離營，搭乘播磨丸海輪返台，故僅計算 3 月 1 日至 26 日之副食費。5.178 名計算全月份
	四月	5.064 人	16.812.000 元	4,500,000 元	12.312.000 元	3 月 27 日 3,099 名返台後，再由陵水集中營遷入 426 名
		合　計	65.234.400 元	252,203,300 元	40.031.000 元	
主　食 (糙米)	二月	8.277 人	447,519 台斤	0 台斤	477.519 台斤	每人每日糙米 25 市兩
	三月	8.117 人 (3.099) 人 (5.178) 人	154.950 台斤 298.730 台斤 小計(253.680)	118,945 台斤	334,735 台斤	總人數中之 3.099 名係於 3 月 27 日離營，搭乘播磨丸海輪返台，故僅計算 3 月 1 日至 26 日之主食(糙米)。5.178 名計算全月份
	四月	5,604人	323.304 台斤	201,840 台斤	121,467 台斤	3.099 名返台後，再由陵水集中營遷入 426 名
		合　計	1.154.506 台斤	320,786 台斤	933,721 台斤	

逃出集中營

一、流落瓊山城

當時我認爲只有先突破被關在集中營的小空間，才能把我們這群台灣人的悲慘事實傳回台灣，甚至傳給遠在台灣的家人，告訴台灣當局早日派船來救濟。因此，我決心逃離集中營。

我常利用機會去找被留用在北黎鐵路管倉庫的老朋友打聽消息。有一天，遇到以前在石碌派遣隊執勤時認識的商人許萬來先生和三位醫生及其家族，他們正在等路證和船期，準備前往海口瓊山。我馬上向許萬來表示，希望和他們同行。許萬來對我並不陌生，我在石碌派遣隊勤務時，他因販毒案被海軍警察隊抓去，是我把他從警察隊調來派遣隊調查，從輕發落的。[4]

許萬來聽說我要和他們同行時，毫不猶豫表示歡迎。這使我更體會一位日本老師曾告訴我的話：「在人生的道路上，路越走會越寬的人，必須是人情債上積得最多的人。」許萬來要我先改變軍人身份，領到軍方的路證後才能同行。於是我馬上到北黎台灣同鄉會請領會員證，改變身份爲商人，並在同鄉會申請路證的公文上蓋一個好大的同鄉會印章。我問辦事人員，爲什

4 因警察隊是協助軍部而受軍人指揮。

麼我們的關防印特別大？他說大部分的中國兵都不識字，認爲印章越大，官一定很大，這大印可以嚇唬這些中國兵，遇到檢查時派得上用場。至於到軍方申請路證，我就拜託幾位被留用在司令部的老戰友辦理。

我花了兩天時間把這些證件辦妥，又回到集中營將這件事告訴一些比較談得來的隊友。在他們的協助下，我先把行李整理好，等到天快黑時，由他們先去探視巡邏的中國衛兵，天色漸暗後，我等到隊友的安全信號，很快地爬過後面的鐵絲網，逃出八所集中營。

我在黑暗中摸索了三個小時，才走到北黎和許萬來等人會合，當他們看到我時，大家鬆了一口氣。我們一直等到清晨六點才出發。到了北黎新街漁港時，中國衛兵對我們一一盤查，因爲我們的公文印都比別人大，很快就通過了。

我們搭乘一艘小帆船向西南方出航，經過一天一夜的航行，第二天天亮時到了臨高縣一個不知名的海邊停了下來。我從船上看到偌大的海邊只有一間小房屋，有人在那裡拉著褲腳進進出出的，好不熱鬧，但奇怪的是有一隻老母豬也跟著他們在屋裡進進出出，讓我覺得很好奇。好不容易熬到九點多沒有人進出時，我才下船去看個究竟。我到了屋子裡，只看到許多參差不齊、光溜溜的石頭，瞬間突然出現不速之客，一隻老母豬正垂涎欲滴地蹲在那裡望著我，我拔腿就跑。從那次以後，我再也沒有勇氣去嘗試那海南島的臨高縣豬肉。

後來我們聽說從臨高縣到海口有交通車，因此決定乘車到瓊山。所謂交通車，就是以前日軍的軍用卡車，這是有辦法的人從日軍接收後弄出來經營的。這裡的交通落後不便，車資昂貴，我們下午兩點出發，經過很多關卡，終於在黃昏時分到達海口市。我們又從海口改乘小馬車，跑了一個多小時才到達目的地瓊山。

二、許萬來的商店被搶

許萬來到石碌經商時，在瓊山也有一間店鋪，由海南籍的伙計管理。許萬來先帶我們到瓊山中學附近的老伙計家，我和幾位醫生被安排住在對面的民房。忍受了幾個月來在集中營的飢餓，以及爲脫離虎口而奔走的緊張生活，我卻在抵達目的地時病倒了，幸虧有鄉親們細心照顧，很快就恢復了健康。

來到瓊山以後，許萬來和他的老伙計們進進出出，一副忙碌又緊張的樣子。後來我從許太太那裡得知，戰後許萬來留給伙計經營的店鋪，被海南人佔據，貨物都被搶光了。原本我們打算依恃許萬來的事業發揮一番，積一點旅費早日回台灣，但討救援的希望卻被這不幸的消息破滅了，眞是屋漏偏逢連夜雨，我們在異鄉不但失業，連生活都快出問題了。1946年的元宵節，中國人放鞭炮慶祝戰爭勝利，我們卻在異鄉挨餓。

三個臭皮匠勝過一個諸葛亮，我們其中有一位田中人，有一手台灣料理的手藝，所以大家決定湊一點小資本做起麵擔生意。也許我們台灣料理不合海南人的口胃，開張幾天，最忠實的顧客還是我們自己人，海南人從來沒有光顧過。台灣料理當然最適合台灣鄉親的口味，但很遺憾的是，這裡的台灣鄉親褲袋裡都是空空如洗。最後還是靠我們幾個忠實顧客，自售自買一番就關門大吉了。

三、「反正門」內的台灣人

中日戰爭時，國民黨的軍隊無論在兵員訓練或裝備上，都不是日本軍的對手。國民黨軍只有「以空間換取時間」，不斷地轉進，但在宣傳上，對日本軍隊裡的台灣軍屬發生了一點點作用。因爲台灣人在日本殖民統治時代，常聽長輩說：「我們的祖先是從唐山來的。」所以在日治時代，大部分台灣青年都有這種觀念。據我所知，在日本軍隊裡服役的台灣軍人軍屬，有不少人同情中國人。這些人當中比較激烈的，甚至會不顧一切後果，偷了日軍的武器，響應中國的宣傳，加入中國抗日的行列。

有時日軍裡的台灣軍屬也會對一些被日軍追得走投無路的中國官員伸出援手。勝利後，這些中國官員一個個出來接收政府，在各機關佔上高官祿位，住的是豪華公館，但過去那些冒險和中國人共生死，並肩作戰的台灣人，後來都像中國人穿過的破草鞋，被丟棄在破廟祠裡，睡在鋪稻草的地上。很諷刺的是，他們所住的破廟門上還貼著中國官方賜給有功台灣人的榮耀，名曰：「反正」兩字。這是我逃離集中營到瓊山市所看到的實情。

後來這些被國民黨拋棄的台灣人，和其他台灣鄉親一樣狼狽地回到台灣。不久國民黨軍也轉進到台灣，蔣介石這位「偉大的中國民族救星」，又怕這些過去被丟掉的腐爛草鞋回到台灣後發酵作怪，對蔣政權「以台制台」的政策有害，認為這些人還有利用價值，於是又賜給這些過去反正的台灣人每人一枚銅牌，表揚他們對日抗戰有功，將他們捧為台灣人的楷模、榮譽，利用這些人做為線民。但多疑的蔣政權仍不放心，因一點點差錯就被槍斃的人也不計其數，有些則被送到火燒島(綠島)服牢獄。

我在火燒島警備總部新生訓導處時，認識了「一大隊二中隊」的王一州。他是彰化和美人，台中高農出身，是長老教會的忠實基督徒，因為在火燒島受不了折磨而自殺了。王一州雖然也在海南島起義反正，回台灣後得到蔣介石的楷模銅牌，但他自殺後，家裡的父母、太太、兄弟都不敢將他的遺體領回，只好埋在火燒島的一個墓地(受刑人死去沒有家屬領回的都埋在這個地方)。當時火燒島的新生訓導處總共有十二中隊，這個埋葬去世受刑人的墓地，我們稱之為第十三中隊。

四、經營福利社

自從麵擔生意關門大吉後，我每天都勤跑海口市博愛路的台灣同鄉會，打聽有沒有回台灣的消息。這時候只要有一點點回鄉的馬路消息，也會使我們這群思鄉的人興奮不已。

我在台灣同鄉會認識了不少在海南島經商，或被台灣本公司派到海南分公司，如糖廠、煙草局、國際電器和台灣銀行等機構的鄉親們。當時台灣同鄉會長是王開運先生。同鄉會只有一台收音機，必須等到深夜才能收聽到台灣廣播電台的放送，但聲音只如螞蟻聲大小，內容大多是台灣回到祖國後，國民黨軍如何受台灣人歡迎，台灣人又如何安居樂業等等自我吹嘘，一點都沒有提到要派船來接回我們這群流落異鄉的苦難台灣人的消息。

本來我們對收聽台灣電台的廣播都抱著很大的期望，但每次都讓我們很失望。這時我的經濟狀況也一天天變壞，人家說三餐不繼，我是連一日一餐都快支持不了。但天無絕人之路，正當我窮困潦倒之際，某日早晨走到城門口，迎面來了一個穿著日本海軍三種軍裝[5] 的聯絡員，正是我在橫須賀司令部時的同事加藤兵曹。他看到我時也嚇了一跳，萬萬想不到我們戰後會在這遙遠的城市再見。

加藤兵曹小心翼翼地看看四周沒人注意後，才問我在海南島的情況。因爲路邊講話不方便，我帶他到我住的民房。他瞭解我從八所集中營逃到瓊山的困境後告訴我，我們以前的司令官和一些長官都住在城外海南師範學校裡的日軍遣送指揮中心。因爲遣送工作會提早一個月完成，所以倉庫裡還有一個多月的糧食和軍用物資沒有處理，如果讓中國軍接收，只是肥了他們私人的荷包，未免太便宜他們了。加藤兵曹要我等他向司令官報告後，再回來告訴我結果。日本人可愛的地方就是很乾

[5] 舊日本海軍軍服分爲：一種軍裝、二種軍裝、三種軍裝。中其三種軍裝即是海軍陸戰隊軍服。

脆，沒有回扣文化和紅包文化。

隔天早上九點，加藤兵曹來告訴我，山口副官要我馬上去跟他商量，同時加藤兵曹還帶來一套三種軍裝和一頂有一條線的戰鬥帽給我穿。我換上過去穿了好幾年的軍裝後，跟著加藤到城外的日軍遣送指揮中心。途中我們經過兩個關卡，指揮中心外圍有中國衛兵駐守，還有巡邏隊監視，裡面才是由日軍衛兵看守。我到達後，山口副官出來接我，並帶我瞭解周遭的環境和倉庫的物資，後來我們回到副官室商量如何將這幾百萬的物資運出去。

討論結果，做出幾點決議：第一、我必須在指揮中心裡面開福利社做掩飾，需要二名廚師、三名服務小姐和一名會計小姐；第二、要有六名可靠的運搬人員，運費每運一件關金壹佰元(一斗米)，並且要在晚上進行。在我們住的地方附近有一塊墓地，搬運人員先到這裡待命，等我捆好物資後，叫福利社小姐用點心引開巡邏的中國軍人後，再用手電筒做暗號給待命的運工們，一件件交給他們運到我的住處。

我把這個計畫告訴山口副官後，他說在指揮中心內開福利社要經過中國官方首肯才行。我拍胸脯向他保證，這方面我有辦法。雖然我一個中國官員都不認識，但爲了生活，我絕不會放棄這千載難逢的機會，人窮則變嘛。

我和山口副官談妥後，馬上回到住處和許萬來及幾位一起從北黎來的朋友商議這件生意。他們認爲有點冒險，但可以試試。

我立刻招兵買馬，由北黎來的兩位同伴充當福利社飲食部廚師與助手。至於搬運工，我房東有很多朋友沒事做，他負責幫我找出七個人。服務小姐和會計小姐也不用愁。根據海南島當地的風俗，姑娘家出嫁後只在夫家過洞房花燭夜，行周公之禮後，隔天就回到娘家，以後每逢初一、十五才到夫家過夜，以外的時間都待在娘家，直到懷孕時再和丈夫一起生活。所以我住處附近，女人多的是，我一說要徵人，立刻來了一大群，我從中錄取了三個漂亮伶俐的姑娘。

後來許萬來打聽到中國駐軍的主管姓王，是個廣東人。經有關人士介紹後，我們前往拜訪。在我發揮中國的紅包文化後，彼此很快就熟識，於客套聲中完成了這項交易。關於指揮中心外圍的中國巡邏兵，我則用中國戰國時代越王所用的美人計。對這些阿山兵，根本用不著西施這一類角色，隨便叫一個普通歐巴桑，就灌得他暈頭轉向了，就算我把整棟房子都搬走，他都還不知道呢！

五、險些喪命

這樣順利運搬了半個多月後，發生了一件我料想不到的事。某天晚上，當運工們將物資安全運出去後，我得回到福利社準備打烊，但因爲有人託我帶些私人布料回去，我把花布捲捆在身上，再穿上衣服，整個身子胖嘟嘟的，行動有點不便。

當時國民黨軍規定晚上十點戒嚴後，所有人不得外出。耽誤了時間，只好兩步併一步跑出了指揮中心大門，一面跑，一面想著趕在十點戒嚴前回到住處，不然就麻煩了。萬一遇到阿山巡邏兵，身上的布料被沒收是小事，還會被抓去坐牢。就在幾天前，和我們一起從北黎來的台南人陳醫生，下午散步到日軍集中營附近時，莫名其妙就失蹤了，我們找了好幾天，才打聽到是被中國軍抓去，已被關在牢裡。台灣鄉親們動員了所有關係，用中國的紅包文化才把陳醫生保出來。

我越跑越急，但是綁著布料的身子又不聽話，我花了九牛二虎之力跑到城門口時，已經戒嚴多時了，四周靜肅肅的，空無一人，連狗貓都不知哪裡去了。我走在死城一般的街道上，心裡非常緊張，只能走一步算一步了。不巧這天晚上月光又特別明亮，背影映在街道上，格外明顯。就在我走到住處附近的轉角時，被巡邏的中國兵發現了，我聽到對面幾個人影傳出刺耳的口令聲和卡嚓卡嚓的子彈上膛聲。在這分秒必爭的時刻，我發現左邊有間房子還點著一盞燈，拔腿就跑過去。原來這盞燈是我住處附近的一間小店鋪點的，門口有兩位老人正抽著水煙和老闆閒聊，看到我這不速之客，紛紛露出驚嚇眼神。我示意他們不要出聲，並躲入門裡。緊接著有幾個中國兵跑進來搜查，我閉著氣從門縫裡看著老先生們和中國巡邏兵之間的問答。老人們愛理不理的抽著水煙，中國巡邏兵也問不出所以然來，丟了句粗魯的廣東話：「丟你那莫孩。」不情願地走了。

老先生們捏了一把冷汗，我向他們再三道謝後就離開。回到住處時，伙計們正在爲我擔心。我把經過情形告訴他們，提醒他們以後要提早打烊，而且一定要在戒嚴前趕回家。大家都睡覺後，我去隔壁房間整理貨物，以便雜貨店的林老闆來提貨。林老闆是一位老實的生意人，他的獨生女武娥剛從師範畢業，就在我的福利社當會計，我每次運回來的貨品都委託她處理。每次出售貨物所得的款項，都由林老闆換成龍銀或關金，我拿到銀票後，也都由他入帳保管。這段時期我們天衣無縫合作得很愉快。

六、滯留海南島

日子一天天過去，送走一批又一批的日本長官，我心中有無限的感慨。當初日軍司令官信誓旦旦對台灣軍人軍屬說：「日本把你們從台灣帶來戰地，一定也會把你們帶回台灣。」言猶在耳，但日軍戰敗後，由於中國從中作梗，只好無可奈何地失信食言了。

送走最後一批日軍，我正要結束福利社業務時，有一些曾嚐到甜頭的中國官員要我再爲他們繼續營業，但他們那一副德行，我已領教過了，當然不會上當。不久我就把福利社的業務結束，扣除員工的遣散費及其他開支，還有一百多萬關金的盈利。這是好幾個月來不眠不休地冒險工作換來的，我很珍惜，希望早日實現回台灣的夢。

隨著經濟好轉，爲我介紹婚姻的媒人也很多，和我合作生意的林老闆也不例外。對於他們的好意，我只有心領了，我歸心似箭，根本不會想這些兒女私情。

這段空檔時間，我常和幾個台灣來的醫生到城門外不遠的五公祠風景區等地遊覽，也每天都去海口同鄉會報到。台灣同鄉會是外鄉台灣人互相交流的地方，我們在這裡可以得到鄉親們溫馨的安慰與鼓勵。我就是在這裡認識了各階層的台灣鄉親朋友。

同鄉親朋

一、回春醫院的林醫師

在同鄉會隔壁的回春醫院執業的林醫師是台中市樹仔腳人，曾在台中的黃小兒科當過助手。林醫師是我在石碌派遣隊時認識的。

有一天我巡邏時走到一段斜坡，看到一台人力卡車上載著一捆貨物，上面寫著「台灣台中市」幾個字眼，令我有說不出的親切感。

我不自主地唸出這幾個字，引起了貨物主人的注意而轉頭看我。因為日本軍人很受國民尊敬，在戰地更不例外。他帶著意外驚訝的眼光向我敬禮，我也很快他回禮，問他是不是從台灣來的？他回答說：「是的，兵隊樣(日本國民對軍人的稱呼)。」並反問我故鄉何處。我說我也出生在台灣台中市，他鄉遇故知，格外親切。他還說只有台灣兵才會這麼年輕。因這時的日本兵都是補充兵或國民兵的老兵。像我們這樣的志願兵，都要經過嚴格的考試，且都是十八、九歲左右的年輕小伙子。依我所知，在前方，年輕的志願兵也不多見了。

林醫師很誠懇邀請我到他的宿舍去，正好那地方也是我要巡查的路線。我們到他宿舍時，有一位雞蛋臉的標緻姑娘出來迎接我們，林醫生用廣東話介紹說，這位姑娘原來是和他在同一間醫院服務的護士小姐，現在已經是他太太了。他又向太太說，我是他的同鄉，剛從司令部派到這裡的軍事行政機關。林太太向我點點頭，並以日語說午安。這些日語，大概是林醫師教她的。

林醫師的廣東太太不但年輕漂亮，而且天眞可愛，才剛認識沒多久，就用日語和廣東話混著向我說她很不習慣林醫師的大男人主義，常常受他的欺負。她還說我是這裡的軍事行政官，請我要他改正，他一定會聽我的，如果他不聽，就把他叫到派遣隊去處罰。聽得我們都哈哈大笑。林太太活潑無邪的模樣，看起來不會超過十九歲。雖然林醫師也很英俊，但已經快進入四十的不惑之齡了。

這位舉止高雅未脫稚氣的林太太本來是一位香港名醫的千金小姐，出身香港望族，原本在香港大學學醫，第二次大戰爆發，日本攻打香港時，她正好到廣州同學家度假，因此和家人失散。後來她和同學考上日本窒素公司的醫院護士，被派到海南島，才和林醫師認識，進而相愛結婚。我見到她時，她已經懷孕八個多月。當時我還有任務，起身離開時，林醫師送我到門外，偷偷地拜託我，以後他太太問我時，千萬不要告訴她，他在台灣已經結過婚。他這樣一說，引起了我的好奇心，回到派遣隊後，馬上查看日僑戶口資料，才知道他是台灣台中市樹仔腳人，而且在台灣已經是兩個孩子的爸爸了。

戰後，林醫師和香港太太從以前服務的日本醫院帶了一批藥品，搶先一步跑到海口市的博愛路上開了一間回春醫院，自己當起院長。醫院的生意不錯，有時幾個助手都忙不過來。林醫生住在港灣邊時鐘台附近一棟樓房的三樓，面對著運河，兩旁有一排排的椰子林，這些椰子林吹拂著南國特有的微風，長長的葉枝迎風搖曳，不時發出吱吱的聲響，眞是美極了。這段時間，我是林醫生家的常客。後來林太太生了一個白白胖胖的小男孩，我時常看她望著小寶寶，口中唱著英文歌曲，模樣成熟多了。

二、台中林老闆和他的三個太太

還有一位鄉親林老闆，本籍台中縣清水鎭，但住台中市。林老闆年輕時在台中的吳眼科醫院當過助手，學了一些眼科醫術，心血來潮時也會露一手醫術救世救人。不過他更有興趣的是到處行商，也到處留情，是個風流的生意人。事實上他也豔福不淺，身邊就有三個來自福州、廣東、海南的太太，聽說他在台灣還有一位大夫人。雖然他已經五十多歲，但和我這海軍出身的小伙子，還是滿談得來的。

三、北港的周先生和張碧玉小姐

另有一位熱帶醫學研究所的張技師，戰後從三亞跑到海口市來行商，和幾個朋友合夥開貿易公司，常到安南的西貢做生意，張技師有個女兒碧玉正值雙十年華，高中畢業後考上日本的國際電氣公司，被分發到海南國際電氣分公司服務，戰後和父親住在一起。碧玉算起來和我是同歲，但我比她大一個月，同是戰亂中的兒女，她都以大哥稱呼我，我們還蠻談得來的，時鐘台、港邊椰子林，花前月影都留有我倆的足跡。

「祖國的厚待」

一、渴望回台灣

這段期間，台灣鄉親們一改以往「吃飽沒」的問候語，見面就互詢有沒有回台灣的消息？由此可知戰後流落外鄉的台灣鄉親渴望早日回台的心聲。台灣同鄉會長王開運先生義不容辭代表鄉親向海南中國軍最高當局請願、交涉，但得到的只是：「大家都是同胞，『祖國』對你們的請願馬上照辦！關於回台船隻，最慢兩星期後就有好消息給你們，安心好了。」雖是敷衍，但台灣鄉親把它當成聖旨，深信不疑。

這消息給旅居瓊山的台灣鄉親帶來希望，台灣人診所的醫務人員馬上無條件給鄉親們打預防針。大家開始整理行李，進進出出，忙得不亦樂乎，似乎馬上就能回台灣了。但是一星期、二星期過去了，大家引頸期盼的船隻，連影子也沒有。幾個月過去後，旅瓊台灣人的興奮也隨著時間的拖延漸漸消逝了。有一些不甘心的鄉親甚至跑到離海口好幾公里遠的秀英港，看看有沒有從台灣派來的船隻，但每次都只能望海興嘆！

在這段等待的日子裡，曾經多次傳出台灣派船來接人的消息，但我們早就被教乖了，知道是中國當局放的謠言，因爲台灣同鄉會長時常爲台灣人的回台問題去拜訪在海南島的中國官員，每次得到的回答都是：「快到了！快到了！都是同胞，都是同胞，我也是爲你們台灣同胞向中央要求，命令台灣方面派船來接你們。」這無法實現的諾言，台灣人不但被教乖，更對這些中國人的奸詐騙術深感憤怒與無奈！

二、秀英集中營慘不忍睹的境遇

台灣鄉親常被中國人騙得團團轉，爲了一探究竟，我們常三三五五跑到離海口有好幾公里的秀英港去看看有沒有從台灣來的船隻，同時也去拜訪秀英港附近的台灣軍人、軍屬集中營。我親眼看到有些秀英集中營的台灣軍人、軍屬瘦得皮包骨，不成人形。

我在那裡遇到台中南屯同鄉的簡慶州巡警(住南屯永定里，現在還在世)。還有一位賴溪巡警，因營養不良，染上赤痢病死在集中營。在秀英的台灣軍人、軍屬集中營有五千多人，都在飢餓中熬日子，赤痢傳染病四處蔓延，許多人還來不及看到親人，就含冤倒下了。面對這些死去的台灣弟兄屍體，大家連火葬的柴錢都湊不出來，只有忍著悲痛用草蓆包著，帶到荒野埋掉。這種悲境在集中營裡司空見慣。最諷刺的是，過去侵略中國，殺了不少中國人的日軍，正一船一船被蔣介石用以德報怨的偉大政策，從秀英港平安地送回到日本故鄉，而台灣人卻被強迫羈留在勝利祖國的集中營，過著慘不忍睹的日子。

三、組織自費回台委員會

看到秀英集中營台灣鄉親們的悲慘遭遇，眞是感慨萬千，更使我領悟台灣人應該清醒了，國民黨政權是靠不住的，我們台灣鄉親一定要自強，自助才有天助。因此我決心組織自費回台委員會，自己買船回台灣伸討救援，希望早日從台灣派船來，讓被羈留在這裡的苦難鄉親回家團圓。

我一面走一面思考自費回台委員會的構想，回到海口市的台灣同鄉會後，將秀英集中營的悲慘處境一五一十地告訴每一位鄉親。大家聽到我說秀英集中營裡，飢餓與赤痢傳染病正在擴大傳染，心情都變得和我一樣沈重。我說，連位於海南島首府的秀英集中營都是這樣的情況，其他的集中營更是可想而知了。同時我也提出我的自費回台計畫，鄉親們都認爲也只有這個辦法可行。我們以往對中國政府的期望和信任都被一次又一次的欺騙所磨煞，已對國民黨政權失去信心，更對那些口是心非的中國人的作風噁心不已。我的自費回台計畫得到鄉親們熱烈的共鳴。

我馬上找林老闆、北港周先生以及同鄉會長王先生，成立海南第一批自費回台委員會。初步開會決議，第一找適合遠航的帆船，第二打聽價錢和條件。因爲林老闆是商人，周先生人緣與人際關係比較好，所以請他們二位負責找船，我負責內部作業。不久周先生找來一位以前的同事吳先生，說他海南太太的娘家有一艘三十多噸的三帆船，很合我們的條件。於是我們馬上去和船主交涉，船主開出的條件如下：一、一艘三帆船時價一五〇萬關金(當時關金一元對中國紙幣廿萬元)，但因爲他女婿也要搭這艘船回台，所以對我們特別優待，算我們一三〇萬關金，現款交易。二、船主派船長「大公」和六名船員負責送我們回台灣。三、當我們安全到達台灣後，要無條件把船歸還他們，而且還要負責船員從台灣回海南島的二十天份糧食。

我們回來後，馬上和幾位重要幹部商議，大家都認爲當時吹南風，正是回台的好季節，所以都贊成買這艘三帆船，接受船主的附加條件。如果順風的話，這艘船最高時速可以達到十三、四浬，最慢八天就可以回到台灣。

第一批回台人員暫訂八十名，費用每人三萬關金，除了優先支付船費外，餘款要用在添購船上設備，如修補積水桶，購買涼棚、木柴、米等用品。在船上，米、水公用，其他如菜類等副食，由各人自備。

消息傳開後，很多鄉親都來報名參加，大多是旅瓊的台灣商人。其中張碧玉小姐是由她父親來報名的。

因爲鄉親們的希望都寄託在我們身上，這項任務重大，「只許成功，不許失敗」。不久我們買的帆船開進港，降錨停在時鐘台附近的碼頭，幾位技術人員上船開始檢修的工作。雖然工作繁忙，但都忙得很快樂，也覺得很有意義，但願鄉親們的希望就快實現，很快就能回到夢想已久的寶島故鄉。

忙了一星期，好不容易才把船隻整修好，但就這麼巧，此時竟有三位不速之客登上船，一個中國軍官及兩個全副武裝的士兵，大模大樣地把一張封條貼在主帆柱上，對船上的工作人員說：「跟你們老闆說，軍方要徵用這一艘船。」說完，還留下一個衛兵在船上看管。正在船上修船的台灣人被這突如其來的一幕嚇呆了，好像做了一場惡夢，有氣無力地說：「怎麼那麼巧？早不來晚不來！剛把船整理好就來了！」消息傳到台灣社團，人人欲哭無淚。這時，身處異鄉的苦難台灣人更能體會在外來政權下求生的悲哀與無奈了。國民黨官員的殘忍、無情，連最起碼的天賦生存權與歸鄉權都不放過。

我們得到這不幸消息後，馬上召開緊急會議，決議請台灣同鄉會的高級幹部，運用他們的人際關係，查出封船的軍事單位與主管。另外，這意外事件的額外開支，由大家共同分擔。

不久，同鄉會查出封船的國民黨軍團長是福州人，我們用中國的紅包文化重重地孝敬了他。這位福州團長看在紅包份上，沒忘記「三年官，二年滿，人不爲己天誅地滅」的中國古訓，笑嘻嘻地說：「我的部下怎麼可以這樣做！都是誤會，台灣人也是自己同胞，自己兄弟，你們送個口信就好了，這樣勞駕各位，實在太見外。關於船上的封條，這些弟兄實在太亂來了，我馬上叫他們拿掉！就這樣辦！」我們離開時，免不了還要再客套一番，只見團長仍厚著臉皮直說：「這怎麼好意思！」我們也只好說：「人薄禮輕，請包涵。」事情解決了。

隔天一早，封條已經拿掉，衛兵也不見了。大家心裡有數，這是中國紅包文化的效果。雖然這件意外使歸期多拖了一星期，但我們馬上補足被封船期間所遺失的水桶和物資。經由這一次教訓，附近的情治單位我們都不敢怠慢，一一派人去打點，海關方面，也早就由同鄉會的高級幹部去孝敬過了。

四、餓死台灣人的大陰謀？

1945年3月，有一艘一萬噸級的油輪はりま丸號從楡林港啓航了。這艘油輪戰時被美軍炸了一個洞，就停在楡林港，戰後日本人把船稍加修理，要開回日本大修時，應吳振武及各集中營代表的要求，勉強將四、五千名台灣軍人軍屬及民間團體（病患優先）載回台灣。但這艘船沒有完全修好就出航，因此航行時不斷故障，停停修修地回到台灣時，已經超過十五、六天了（正常航程，海南島到台灣不超過三天半）。不少台灣鄉親在這段航程中，還來不及見親人一面就含恨以終，過去的戰友們只好把他們葬身茫茫大海中。

這艘油輪到達台灣後，台灣父老兄弟才知道在海南島的日本軍民早於年前就已返抵日本，但眾多台籍軍民仍被羈留在海南島，生活悽慘，瀕臨死亡，莫不心驚著急。據說這時台灣行政長官陳儀曾宣告：海南島的台灣人已經全部回台，海南島已無台灣人。眞是明眼人說瞎話。此一宣告，經當時尚留在台灣高雄的日本海軍部向三亞某方面查詢，傳入在三亞集中營的吳振武耳內。吳振武和其他幹部乃急電召集台灣同鄉會三亞、北黎分會長鄭隆吉先生等人研商對策，決定由各集中營及各台灣同鄉分會，按當時台灣行政區各派出五名代表。集中營方面，台北縣代表爲雷來進先生，新竹縣代表爲謝茂龍先生，台中縣代表爲后里鄉的黃清潭先生，台南縣代表爲董春生先生，高雄縣代表爲林文報先生等，會同同鄉會派出的五名代表，配合台灣民間合資租用機帆船一艘，於1946年9月間回台向政府陳情，並呼籲社會聲援。

在社會壓力下，台灣政府於10月派出台南號、四川號、義興號等三艘鐵殼船，由林文報、雷來進和董春生先生等隨船回到海南島，在三亞、榆林港接回被羈留在該地各集中營的台灣軍民。

我覺得有一點不可思議的是，爲什麼所有集中營中，秀英集中營裡的台灣軍人、軍屬所付出的犧牲最慘重，這是上天的安排？還是有心人害怕台灣軍人、軍屬回台，會揭穿國民黨軍奸詐、惡質的眞面目，所以不如讓這一批台灣人餓死異鄉？這個歷史謎題，只能留待歷史學家研究。

10月，當三

派遣證明書

茲有旅瓊榆亞地區臺籍軍人屬各縣代表
謝成龍 雷來進 黃清澤 董春生 林文報 等
五名因公務回臺向留瓊本區台胞各家
族報告現地狀況祈乞各界人士後援救
濟設法等待乞各仁人義士思念在瓊臺
胞之慘困以達目的感德無涯甚幸
特此證明

[illegible]區臺籍軍人屬
吳 旅 武

中華民國 [illegible] 七月十一日

海 [illegible]

現在的時鐘台碼頭

亞地區的台灣軍民由台灣方面派來台南號等三艘鐵殼船接回台灣時，在海南島海口秀英集中營的台灣軍人軍屬卻被強制遣往對面的雷州半島上的赤水集中營。不知這個小動作是不是要配合陳儀曾宣告的「海南島的台灣人已經全部回台，海南島已無台灣人」？

這批被遣往雷州半島赤水集中營的台灣軍人軍屬，被「祖國」斷糧，只能沿路行乞，個個衣衫襤褸，腰際掛著空罐頭，見人就彎腰伸手求乞食物，被中國人笑爲罐頭部隊。凡七十歲上下的台灣鄉親，如果不健忘的話，應該還有不少人記得，所謂空罐頭部隊，就是戰後被強迫羈留在海南島的台灣軍人軍屬的代號，這群零零落落、顚顚倒倒、拚命行軍的台灣軍人軍屬們，終不敵疾痢與飢餓，病死數百人。這樣的慘劇一直持續到年底，才在湛江搭乘國際救濟會的貨輪回到台灣。

歸航

一、南國再見

1946年5月底某日清晨五點多，八十名台灣人帶著大包小包的行李，三五成群湧向海南島海口時鐘台碼頭。碼頭邊一艘三帆船正熱鬧滾滾，像辦喜事似的，每一個上了船的台灣鄉親都滿面春風互相招呼，以往的憂愁與無奈，已一掃而空。

凌晨三點多我就在船上等候鄉親們，負責造名冊，發給名牌以及台灣同鄉會的證明書。這些文件都是我在同鄉會的辦公桌上，花了好幾個晚上加班寫好的。

歸還船、小型帆船航海圖

台籍軍人、軍屬80人在滿載情況下：
1946年5月30日由海南島海口市出發
1946年6月16日平安抵達台灣島新港

不久林醫生夫婦和碧玉小姐也來報到了，林醫生夫婦把碧玉小姐交給我說：「張技師因有要事到安南西貢出差，無法親自來送行，我們夫婦代她父親把碧玉交給你照顧。」

碧玉小姐羞答答地站在我面前，兩隻水汪汪的眼睛向我瞟啊瞟的，我不自主地勇敢起來，忘了男女授受不親的古訓，不知從哪裡來的勇氣，伸手握了一下她那潔白如玉的小手，還信誓旦旦地向林醫師夫婦說：「我不會忘記對碧玉小姐父親所說的諾言，無論遇到什麼困難，一定會把她安全保護到台灣。」林醫師夫婦安心地笑了。我馬上把名牌和同鄉會的證明書發給碧玉，安排好她在船上休息的位置。

根據委員會的決議，婦女幼兒都被安排在船中央最安全的船艙裡，男人則在船兩舷甲板的位置。我的位置在接近抽水機的左舷甲板上。

天色漸亮，船上和碼頭邊站滿了回台鄉親與歡送的人群，留下來的人向這一批先回台灣的人祝福，同時也交代他們回台後，要早點從台灣派船來接他們，叮嚀再叮嚀的話語，說不完的離情、祝福與安慰瀰漫著碼頭。被留下來的鄉親們，不但沒有一點抱怨與爭先恐後，也沒人有偷偷藏在船艙回台的企圖，這種偉大的同胞愛與胸襟，是值得後代學習與敬佩的。

十點吉時一到，船長下令起錨，三支滿風的大帆同時揚起，在鄉親的祝福聲中，船駛離了海口的時鐘台碼頭，向雷州半島駛去，每小時十三海浬速度。這時碼頭上歡送的人影漸漸變小，慢慢模糊了，但船上的人還是看得出他們頻頻揮手的模樣，每個人眼裡都含著淚水，實在令人感動。大家在船上合唱著「南國再見」的歌。碧玉坐在我身邊，和一對台中的張姓夫婦凝視著後方漸漸消失的南國港口。

隨著船隻的航行，海水從海口灣的淺藍色變成深青色，我們知道船已進入外海了。有幾位男女青年在甲板上擺起龍門陣，正談得起勁，我和碧玉、張姓夫婦等也加入他們的行列，聊著說不完的海南島趣事。大家最感興趣的莫過於日本海軍陸戰隊作戰時的種種奇聞，因為戰爭期間，這是相當神秘的，外界無法知道。此外還有海南島的黎、苗、岐等民族各種奇奇怪怪的風俗習慣，尤其住在海南島中央山脈附近的岐族葬禮後的配種風俗，令女人們聽了臉紅，男士們聽了大笑。

也有一些鄉親才剛上船，就好像已經踏上了台灣鄉土，歡喜若狂地圍在一起談天，互訴這幾年在異鄉的委屈與辛酸。

二、狂風暴雨來襲

接近黃昏時，天空突然佈滿黑雲，有如走馬燈般地飄著，接著陣陣強風激起了海浪，一波波大浪不斷撲打在疾駛的船身上。船長警告我們，颱風即將來臨，要大家防範船底漏水，注意安全。我和碧玉都被這突如其來的變化嚇呆了。不久船長下令降下二支小帆，只用一支主帆向北航行，接著又是一陣陣的強風和滂沱大雨。這時被分配在甲板上的鄉親們用毛毯包住身體，蜷曲在一起，任船身搖盪，風雨淋漓。碧玉也像一隻被驚嚇的小綿羊，靠緊在我身邊，我告訴她，我是海軍出身，見慣了海上巨浪和暴風雨，很快就會過去的。其實這些話都是爲安慰她而亂蓋的，我雖是海軍出身，但都是待在旱鴨子的陸戰隊，航海經驗不多，尤其對這種舊式帆船，根本一竅不通。

天色暗了下來，一波波的滔天巨浪與傾盆大雨讓我也有點害怕了。爲了保持體溫，我和碧玉也顧不了什麼男女授受不親的古訓，只能把毛毯合在一起，包在兩人的身上，縮在甲板上，任由風吹雨打。隨著風雨不斷增強，海浪如大山般一波波向船上撲來，最後連主帆也降下一半，船只能搖搖晃晃地航進。

我們就這樣任由狂風暴雨摧殘了三天，第四天半夜，在一片黑暗中，船身終於經不起波濤的侵襲而進水了，船艙裡不斷傳來婦女的呼叫聲：「地板裡進水了，快來救我們！」甲板上的青年們立刻開始搶救睡在船艙裡的婦女老幼，我也牽著碧玉和大家摸黑在洶湧澎湃的暴風雨裡，一面救人，一面和大浪搏鬥。大家手牽手在狂風暴雨中，半爬半走了一段路才摸到抽水機。大家輪班拚命抽水，我們臉上流下的，已不知是雨水、汗水，還是淚水。

原本大家都認爲船艙最安全，所以才將婦女老幼安排在裡面。年輕人則睡在船兩舷的甲板上，還搭起椰子葉編成的涼棚，但颱風夾帶狂風暴雨，涼棚早被吹落。那幾天我們都浸泡在巨浪與傾盆大雨中，忍受全身的濕漉與飢寒，只能咬緊牙關，依靠雨水度日。凝視這不斷怒吼的大海，我們這一艘在汪洋中如小葉片般的帆船，被巨浪與瘋狂的暴雨不斷撞擊著。我想，如果台灣人一定得要經過這樣的考驗，才能站起來，我深信我們一定可以經得起考驗。爲了安全起見，我們每個人身上都綁著繩子，繫在主帆柱上，任由巨浪衝擊。

平常撒嬌愛哭的小孩子們，也被雷聲般的狂風巨浪嚇得縮在母親懷裡。此刻，除了颱風帶來的暴風雨之外，全船靜得像黑夜荒野外的墳塚，船艙裡偶爾會傳出婦女和基督教徒的祈禱聲，祈求觀世音菩薩、媽祖和耶穌的保佑。經過一天一夜天翻地覆的狂濤怒雨，風雨漸歇，我們知道已捱過了最糟糕的一夜。

三、小生命出世

雖然颱風已漸遠離，但海上還是有暴風捲起的巨浪。這天半夜，我在朦朧睡意中被碧玉搖醒，她小聲告訴我，她聽到嬰兒哇哇的哭聲。我揉揉眼睛一聽，果然不錯，從船上駕駛台後面的小船艙裡，不斷傳出剛出生的嬰兒的哭聲，傳遍了船上的每個角落。在這個恐怖的夜裡，一個小生命降臨，帶給我們這群苦難的台灣鄉親們一股新的勇氣與說不出的喜悅。但大家都認爲這小傢伙來得不是時候，除了產婦的丈夫外，我們都愛莫能助。說也奇怪，這時風雨收斂了不少，已不像先前那麼囂張。

隔天早上，外海還是一片霧茫茫，但靠近大陸岸邊的海岸大都是晴時多雲偶陣雨的天氣。大家開始搶著煮飯，在變化無常的天氣裡，能吃到一碗摻鹽的稀飯已是很大的滿足了。

四、海上冤魂

第八天下午，我們在黃昏時刻航經香港海域，發生了幾件不可思議的怪事。坐在右舷甲板上的鄉親們突然起鬨，有人說看到一支三角黃旗從面前的海面上飄過去，但我卻什麼都看不到。

不久有位船員匆匆忙忙地拿著斧頭跑到主帆柱下，一面拚命用斧頭敲打主帆柱，一面罵著mu nu mai ，mu nu mai（他媽××的意思，海南話），大家都被這位海南船員的不正常舉動嚇呆了。後來我偷偷問他才知道，剛才在主帆柱尖上有鬼火（燐火）停在那裡，這是不好的預兆，所以必須把鬼火趕走，不然就會有麻煩。不久又有一位鄉親竟在船員室外的媽祖神位前起乩，口中唸唸有詞，經過北港周先生的翻譯，我們才知道，這一位臨時起乩的乩童是奉媽祖之命來宣佈玉旨，剛才在這船上發生的種種怪現象，是二次世界大戰時葬身在香港海域的台灣軍人軍屬的冤魂在申冤。當時有十三條載滿台灣軍人軍屬的日本運輸船準備前往南洋，被美軍擊沈，現在這些死去的台灣人冤魂要和我們一起回台灣。

鄉親們聽了這些話，紛紛開始膜拜祈求，而這位被媽祖附身的乩童又唸唸有詞說，天上聖母爲了解救這船苦難的台灣人，要上天庭向玉皇大帝領旨。乩童說完後，頭搖了幾下就倒下去，周圍幾位信徒七手八腳把他扶起來，我認出這位乩童原來是前日本海軍巡警，當我們從海口出發時，他就趁機偷藏在船艙裡。因爲大家都是苦難的台灣鄉親，所以我們也沒追究他的偷渡行爲。

進入香港海域時，鄉親們已經在海上漂流了將近十天，早已精疲力盡，從船上看到神秘的香港時，人人都流露一種奇怪的眼神。因爲這時海上正掀起一波波的驚濤駭浪，但我們寧願忍受海上風浪的搖盪，過香港而不入，這種苦澀心境，有誰能瞭解？

五、在汕尾漁港避風

經過香港海域後，船行至汕尾漁港附近，船長告訴我們，外海的風浪很急，不要再冒險，汕尾漁港就在前面，這裡他很熟，不妨進港避風，也讓大家休息休息。船長知道我們不願意靠近中國漁港，所以又說：「我們在港內最外邊停泊就好了。」話剛說完，船就在離汕尾城不遠的地方下錨了。

我看看四周環境，港內擠滿了漁船，我們這艘船像寄人籬下，孤伶伶地縮在港口邊。這時船上廚房的煙囱不斷冒著煙，船長說今晚要讓大家吃個飽，睡個夠。吃飯時間一到，雖然大家都已饑腸轆轆，但還是發揮禮讓老弱婦孺的美德，最後輪到我們年輕人吃飯時，已經過了半夜，但沒人有一絲怨言。輪到我時，一口氣吃了五碗白米飯。因爲沒有菜，只摻一點鹽巴而已，這是從海南島啓航後，我吃得最飽的一頓。

那天晚上外海風浪很大，但港內還是靜悄悄的，偶爾還可以從雲縫裡看到一輪明月，月光灑在這靜謐的小漁港，有一點朦朧的詩意。但想不到先前被媽祖婆附身的乩童又在這時候跳起來了，口中唸著大家聽不懂的話，北港周先生翻譯說，剛才汕尾城門口有一隊中國巡邏隊向這邊觀望，偉大的媽祖用裙角把它避開了。這一劫是媽祖救的……。信徒們免不了又是一番謝拜。我們趁這機會祈求媽祖婆賜告啓航的黃道吉時。乩童說，明早五時。乩童講完這幾句話後，媽祖婆就在信徒的讚美與稱謝中退駕了。

隔天清晨，有些性急的鄉親，早就起來觀望，但海水已退得光溜溜，船像旱鴨子般地停在海灘上。好不容易等到天亮，大家吃過早餐，大約上午十點左右，我們派代表划著舢舨到汕尾探個究竟，同時買一些菜餚回來。下午二點，船員和代表們回到船上說，汕尾還沒有中國軍進入，只有一些游擊隊維持治安，這時候大家心照不宣，原來乩童所講的一切都是編造的。

六、海盜打劫

我們在汕尾苦等海水漲潮，一直等到下午四點，海水才漸漸漲高，到滿潮已是晚上十點多了。船長立刻下令向外海啓航，揚起三支滿風帆，順風航向外海。經過一晚摸黑的航行，隔天一早，我們才發現外海仍是暴風巨浪，大家都認爲不宜再航行，船長立刻把船轉向中國沿海，向北航行。

自我們從海南島出發後，只在雷州半島附近看到一艘豪華外國客輪，此後就在海上遇到颱風，一艘船的影子都沒有。那天上午九點左右，在我們前方約六百多公尺處，突然出現一艘二支帆的小漁船，像飛魚般地向我們撲過來。大家對這艘突然出現的小漁船沒有警覺，只認爲那是颱風過後出來捕魚的漁船，未多加注意。

由於幾天來大家食不知肉味，有人竟想向這艘小漁船買魚加菜，於是跑到船頭上頻頻搖手呼叫。這艘小漁船也毫不客氣，加速駛來。當它接近我們約五十公尺時，船長早已發覺苗頭不對，馬上調整風帆打算離去，船上幾位海南船員也手忙腳亂地調整風帆轉向外海，可是我們這艘大肚船卻不聽話，像個快足月的大肚婦人，笨手笨腳地走不動，只在那裡搖盪著，氣得海南船長「mu nu mai， mu nu mai」地罵個不停。大船上不尋常的舉動引起小漁船的驚覺，幾個人馬上拿出藏在船裡的機關槍，向我們這個方向對空鳴槍。噠噠噠噠的機關槍聲劃破了早晨寂靜的天空，剛才還在船上向小漁船搖手吶喊的鄉親們被這機關槍聲嚇呆了，馬上轉向其他人大聲喊叫：「海賊來了！海賊來了！」這時船上的鄉親們鬧成一團，碧玉也被嚇得緊抓住我的手不放，我安慰她幾句後，她安心不少，乖乖地到船艙裡和其他婦女老幼們在一起。

絕大部分海南島台灣鄉親都是在戰地後方做生意的老實商人，很少聽過槍聲，一時間大家驚慌失措。我們幾個海軍陸戰隊出身的年輕人，利用海盜們開槍的空檔商議對策。所謂「擒賊先擒王」，我們決定先由我僞裝成船員，當海盜頭目上船時，我出其不意控制賊頭，其他人馬上過來支援，解除賊頭的武器，使其他留在小漁船的海盜們投鼠忌器而不敢對我們有進一步的行動。同時我們可以將船馬上駛向外海，因爲到了外海之後，我們的條件比海盜們好，要處理他們就容易多了。

不料我的擒賊計畫卻傳到有三個老婆的林老闆那裡，林老闆和北港的周先生氣急敗壞地從船艙裡跑上來，警告我們幾個小伙子，這個計畫千萬做不得，萬一失敗，全船大小的性命都會賠上去。他們認爲海盜要的只是金錢與財物，就讓他們搶好了。錢財是身外之物，俗語說：「留得青山在，不怕沒柴燒。」擒賊擒王的計劃就這樣被打消了。

這時海盜命令船長將全部的帆都降下來，船長照做時，海盜又下令船上所有人員都進入船艙，不准伸頭出來看，如果有人不聽話，就要對我們不客氣。我很不情願地走向船艙，但船艙已經擠得滿滿的，最後才擠了進去。

海盜們看甲板上無人後，將小船駛近大船，海盜頭目很敏捷地跳上我們這艘船，同時用手槍向四周掃晃一下，看到沒有人反抗，馬上暗示小船上的海盜們跳上船，隨後有兩個海盜用步槍對著我們。海盜頭目看一切佈置完畢，又命令留在小船上的海盜跟在大船後面監視我們。海盜頭目走到船長旁邊，指示船長照他所指的方向航行。海盜頭目見船啓航後，開始進行他的工作，先搶小客艙內的財物。根據海盜的規矩，這些財物屬於最先押到這艘船的人所有。

住小客艙的是北港的周老闆，諷刺的是，他和台中林老闆最反對我們的擒賊計畫，這時也只有乾瞪眼，看著海盜頭目從他的皮箱裡拿出金戒指套在手指上。海盜們翻箱倒篋的看家本事，還眞是乾淨俐落。

不久船行經一串串的小島嶼，島上幾株老松樹伸出枝葉，招來一陣陣薰風，如仙境般的優雅寧靜，更帶著安和的氣息。但想不到這麼美好的自然境界，卻隱藏著這麼蠻橫的海賊巢窟，像是紅龜粿包鹼菜一樣不調和。我們照海盜頭目所指示的方向行駛一個多小時後，看到一座小丘，上面有個海盜拿著長筒望眼鏡向海面瞭望，這讓我想起小說裡的海盜都是用長筒鏡向海面瞭望，不過現在不是看海盜小說，而是眞正身歷其境了。

七、海盜村歷險

我們被押到一個有許多大小民房的小漁村，引起一陣騷動。我從船上看到一些村民歡天喜地地向著我們這艘船跑來，不久有一隻舢舨駛靠我們的大船，我們順著繩梯，一個接一個下船，登上舢舨，被載上岸。

這時我和林先生、周先生等向海賊頭目說：「我們船上的所有財物都無條件送給你們。」這其實是多餘的，已經被搶劫了，就算我們不願送給他們，也已經屬於他們了。現在我們只希望海盜們賞給船上八十多個老弱婦孺一頓飯。海盜頭目因爲已經達到目的，滿臉笑嘻嘻地說：「這當然這當然，我們都是講人道的！」全船的人都信以爲眞。不久，我們全部照他的指示，乖乖地扶老攜幼走進離海岸六百公尺的一棟兩層樓牢房。

海盜們在牢房樓梯口派了一位賊卒站崗，負責監視我們。

諷刺的是，我們就從牢房窗口看到海盜們正在我們船上大搬特搬。原來這棟二層樓房是專門爲被劫者所設。這時我們只能疲憊不堪地躺在牢房的地板上，倒是在海上漂流了幾天，已被搖慣了，回到陸地上，一時還眞不習慣呢！眼看著這批無法無天的海盜將我們這幾年辛苦的積蓄搶走，每個人的心都絞成一團，欲哭無淚，只希望船上豐富的財物能喚起他們的良心，實現他們的諾言，給我們這群飢餓的老弱婦孺一些食物充飢。

後來我們才知道，連這小小的願望，海盜們都吝於施捨。面對這殘酷的事實，我們這批苦難的台灣人更領會要勇敢面對現實，只有靠同船的人團結一致，互相鼓勵，互相安慰，不要再向海盜乞憐、求情，不然只會被中國海賊瞧不起。這一次教訓，讓台灣鄉親們更成熟，爲了保持台灣人的尊嚴，我們必須改變以往向中國人、向海盜乞憐求情的作風。這樣，我們身處這惡劣的境地，也就泰然多了。

我們在海盜的小牢房熬到下午三點多，海盜派人來說：「你們可以下來了！」只不過走到船上這段路，大家要排成一列，一個跟著一個。如果這樣就可以回到船上，對被關了一天，也餓了一天的台灣鄉親的確是個好消息。我向窗外一看，外面陸陸續續來了很多村民，站在道路兩旁望著我們，嘰嘰喳喳地談論著，好像在等待什麼。村民越來越多，有些鄉親還天眞地認爲：中國人不愧是禮儀之邦，搶劫了東西，還不忘以歡送回報。我對這幾位天眞的鄉親說：「你們未免想像力太豐富了吧！」

看著村民們踴躍的歡迎場面，大家紛紛議論推誰作領隊，最後大家認爲有三個太太的林老闆最適合。林老闆五十多歲，體格高大又英俊，西裝筆挺，很有董事長的派頭。以林老闆含笑點頭回禮的風度與氣質，最有資格在村民歡送時當我們的龍頭。

林老闆沒有推辭，很樂意接受我們給他的龍頭角色。於是林老闆帶頭，和他三個老婆、孩子，牽領其他鄉親們一個接著一個下樓接受村民們的歡送。看到林老闆帶隊下樓後，我們幾個海軍陸戰隊出身的年輕人馬上組了一隊應變小組押隊，以防萬一。雖然這時只有我擁有一隻防身用的日本一・四式的手槍，但萬一海盜們強留我們的婦女或施暴時，我們都會不顧一切去搶救，和海盜一戰。這時碧玉小姐一直跟在我身邊，寸步不離。她穿著小花布的洋裝，像一朵含苞待放的花蕾，亭亭玉立，人見人愛的模樣，使我們這幾個年輕小伙子不由得勇敢地精神武裝起來。

我們應變小組的隊員都穿著日本海軍陸戰隊的三種軍裝，上衣是咖啡色的防暑服，腳上穿著短統的陸戰皮鞋，雖然當了海盜的階下囚，走起路來還是滿威風的。

八、海盜村民搜刮衣物

當林老闆風度翩翩、含笑通過村民時，突然從人群裡跑出一個男人，指著林老闆的西裝，林老闆誤以爲這位村民稱讚他的西裝，頻頻向這一位村民點頭。這名男子大概認爲我們這些人太不懂規矩，很不耐煩地走向林老闆，動手就搶他身上的西裝。林老闆拉住衣服不放，認爲船上那麼多財物都被搶去了，竟然連身上這套西裝也不放過。正在兩人拉扯時，一個海盜頭目突然對林老闆說：「照這裡的規矩，你們身上的衣物是屬於村民的，如果村民對你們身上的衣物有興趣，你們都要無條件給他們，不可以反抗！」眞是入鄉不知俗。最初大家認爲這是一個盛大的歡送會，現在卻變成脫衣會。就這樣，只要海盜村民看上誰的衣服，隨便指指，那個人就要乖乖地脫下來給他。

原本西裝筆挺的林老闆回到船上時，上半身只剩下一件背心內衣，露出一根根胸骨，內褲以下露出兩根白鷺鷥的鳥仔腳，腳上的皮鞋也不見了。這種景象是在文明社會看不到的，只有在青天白日滿地紅的中國才有。其他鄉親也不能倖免，村民甚至連背在母親身上的嬰兒和婦女們的頭髮都不放過，檢查時比受過專業訓練的特務都有過之而無不及。最後輪到我們押隊的年輕人時，因爲穿的是日本海軍陸戰隊的軍裝，他們不敢要，因此逃過一劫。

九、海盜是國民黨軍的副業

經過這番折騰，我們向海盜們要求補給清水，他們允許我們派幾位年輕人出公差去提水，我也是其中之一，因而有機會窺探海盜基地的內幕。

我們被帶到一間距離海邊約一百多公尺的媽祖廟前，那裡有一口井，井裡有如甘露般的清水。我利用運水的機會觀察了一下四周的環境，無意中走到海盜們住的地方，他們住在小島上一棟最好的二層樓房，正與高采烈地瓜分戰利品，歡笑聲刺耳，眞是幾家歡樂幾家愁。

離海盜巢穴約五十公尺處，有一間房子有藥水味，我往裡一看，有一塊木板上寫著「取藥處」的日文，顯然這房間以前是日本海軍陸戰隊某單位的醫務室。這讓我深信日軍離開後，是接防的國民黨軍利用空檔幹起了海盜的副業。難怪早上有幾個海盜很囂張地對我們說：「你們這艘船對我們來說只不過是小兒科一件，不久前我們連大英帝國的貨輪都光顧呢！」我一邊想，一邊加快步伐趕回廟井。村婦們正在做晚餐，時間應該不早了。

我們補足清水回到船上時已日落西山，美麗的晚霞佈滿了西方的天空。這時來了幾個海盜，帶來兩籮筐約四十台斤的蕃薯、二斗米、一些火柴(洋火)作爲回禮。他們還指示我們一定要走原來的路線出海，因爲聽說西邊還有一隊海盜人馬把關。

在海盜們一路順風的祝辭聲中，我們依照原來的路線啓航。當我們經過幾座小島時，天色漸漸變暗，東邊升起一輪明月，船上每支帆都吃滿風，加速向外海前進。我們預測船的位置應該是在汕尾和汕頭之間，於是船長按照羅盤的指針方向航行，此時我深信一定會到達故鄉台灣美麗島。我將在日本海軍受訓時學到的航海知識講給船長參考，但他從來沒到過台灣，甚至聽都沒聽過，難怪他對台灣的位置一點都不清楚。

遭到海盜洗劫後，大家都已一貧如洗，除了婦女和小孩子，大部分男人都被搶得只剩內衣內褲。還好正值炎夏，不必考慮防寒的問題，頭疼的是我們八十幾人只有二斗米和四十台斤蕃薯，要如何在往後未知的航程上分配。大家商議的結果，每人先配一碗稀飯，以後的日子，每天一餐，男人每人一碗米湯，剩下的粥分給婦女、老人和幼童。

無物一身輕。人就是一種奇怪的動物，過去身上還有一點財物時，每天在「怕」字上轉得透不過氣來，例如剛從海南島出發時遇到颱風，害怕停靠中國港口反被扣留，寧願在海上漂流，後來沿著中國海岸航行時又怕海盜。如今這三怕都過去了，船上已被海盜搶劫得清潔溜溜，已是無物一身輕的境界。

從颱風過後，天氣特別晴朗，海面如鏡，白天連一絲風都沒有。靠風行駛的帆船，此刻眞是無用武之地，只能望洋興嘆。在汪洋大海上隨海漂流，任由炎熱的太陽曝曬。在這一望無際的茫茫大海裡，偶爾看到遙遠處有帆船向我們駛來，大家有如見到親友般，熱情地搖手歡呼。但對方不但對我們的歡呼毫不領情，有時還會回給幾發冷槍，加速離去。

停停走走過了兩天，某日下午行經一個不知名的小島時，那位一直被媽祖婆附身的澎湖人突然又大聲驚呼：「各位鄉親！我告訴你們一個好消息！澎湖到了！」他興奮地繼續說道，他小時候常和父親到這個小島釣魚，明天早上就可以到澎湖了。這消息讓大家高興得跳躍起來，好像澎湖已經到了。

這時有人提議，既然明天就可以到澎湖，大家已在節省的配給制度下餓了好久，乾脆今晚就把剩下的一些米和地瓜煮來吃，讓大家吃個飽。對於飢餓中的鄉親們來說，這主意的確是再好不過的慶祝方式，於是無異議通過。但即使把所有的糧食全部拿來煮，每人分配到的，也不過是兩碗稀飯，勉強塡塡肚角。不過這一晚大家都睡得很甜，有些人還在睡夢中伸伸舌頭，舔舔嘴角，似乎已經在澎湖大吃了一頓佳餚大餐。

隔天一早就有人跑到船頭探頭探腦，希望澎湖島早點出現，但隨著時間的消逝，大家引頸盼望的澎湖島卻沒有出現。鄉親們每天都在飢餓和炎熱中煎熬、掙扎，更糟糕的是，船上唯一賴以維生的淡水已漸漸發臭無法飲用。炎熱的氣候幾乎把所有的空氣都蒸發掉，令人透不過氣，在毫無隱蔽的甲板上，每個人都被赤熱的太陽曬得像非洲黑人，身軀飢瘦，兩眼凹陷，小孩子都被這些大人們的模樣嚇得不敢吭聲了。但大家都很理智地忍耐著，一天挨過一天地期盼著澎湖島出現。

某天中午，我在朦朧睡意中聽到左舷甲板上有人在爭吵，有個年輕人被丟進海裡，大家又七手八腳把他從海裡救上來。被丟進海裡的不是別人，就是那個說隔天早上可以到澎湖的青年。大家把所有糧食炊空後的慘景都怪在他身上，甚至有些年輕人對他無法諒解，經過幾位大老出來安慰一番，才讓衝動的年輕人慢慢消氣。

隔天早晨，在船頭上張望的人忽然驚叫起來，在船頭前遙遠的地平線上，似乎出現一個朦朧的島嶼。這呼叫聲劃破了船上詭異的氣氛，大家擠過去一看，眼力好的人已經看到海平面上凸出的一個小黑點，眼力不好的人根本什麼都看不到。

十、回到寶島

隨著船行速度加快，大家期盼中的島嶼形影漸漸變得眞實，一座島嶼慢慢向我們靠近。鄉親們對這座神秘的島嶼又喜又怕，怕的是恐又是一個海盜島，但如果再遇到海盜，也已經沒有什麼好怕的，因爲我們現在比他們還窮。其實大家更怕的是再到中國疆界，怕再被中國軍扣留，因爲現在我們已經拿不出紅包來打通關節了。喜的是馬上就能到島上喝一大口清涼的淡水，以解多日來的口渴。

在憂喜參半的矛盾心情下，不久我們在島嶼邊看到一艘小船，我們要求船長把船駛近小漁船，問個究竟。當我們的船靠近小船時，看到船上有人在作業，乃異口同聲一問，才知道這艘小漁船是從廈門來的，但令我們更驚喜的是，這個神秘島嶼確定就是大家盼望已久的澎湖群島中的一個小島，眞是踏破鐵鞋無覓處，得來全不費功夫。

我們照著小漁船的指示，很快就進入這個小島的漁港，但整座漁港空蕩蕩的，大概是所有的漁船都出海捕魚了。岸邊有幾戶打漁人家，我們派幾個代表上岸，第一人選當然是林老闆，他被海盜搶得只剩下一件背心和一條內褲，是最佳受害人代表，由他上岸現身說法，一定很有說服力。於是林老闆和北港的周先生等人坐著舢舨，由海南島船員搖上岸向鄉長求援。

我們認爲，既已到了自己的鄉土，應該什麼事都能辦得成。大家目送代表們上岸後，我們幾個年輕人也跟著跳到海裡游泳上岸，不久找到一間在海邊的雜貨店，老闆知道我們從海外回來，途中又被中國海盜搶劫，非常同情，很熱心地招待我們。

不久代表們回來了，後面還有一位穿日本文官服的鄉長和一位外省籍的警官前來慰問我們。從鄉長所穿的文官服，我們知道他是老師出身。鄉長說：「聽了代表們的報告，才知道台灣鄉親戰後在海南島受了那麼多苦。這次回台灣途中又在汕尾附近被海盜搶劫，我們對各位悲慘的遭遇表示無限的同情，我和警長代表鄉民帶來了碎米、蕃薯簽和小魚干，這是我們這個離島的窮鄉民所能做到的一點心意，請各位鄉親笑納。」鄉長還說，已經快天黑了，請大家今晚就在此地好好休息一夜，明早會派一位嚮導，安全地帶我們回到台灣本島。那位外來的警官也說了一些阿山話，無非是同胞情、同胞愛這類的話吧。

送走鄉長等人後，船上的廚房開始忙碌起來，大家滿心期待著吃一頓碎米加蕃薯簽配小魚干的豐盛晚餐。這是我們從海南島出發以來最豐富的一餐，我胃口大開，吃得肚子圓鼓鼓的，抬頭看天空正好有一輪明月笑瞇瞇地照耀著，我也不好意思再吃下去了。

當夜，大家都興奮得睡不著，因爲明天就能和闊別多年的父母兄弟姊妹們見面了。我一直想著，明天踏上鄉土時該怎麼辦？要像阿拉伯人一樣先吻一吻闊別多年的鄉土嗎？如今這般狼狽相，遇到親人時要怎麼說？總之，還有一大堆的話要告訴家鄉的親人。朦朧之中我睡著了，不知睡了多久，才在海南船員的走動聲中醒來。這時天已亮，船長也準備好了，只要航海嚮導員一到，馬上就可以啓航。

不多久，鄉長派來的嚮導員在我們的歡呼中上了船，嚮導員和船長商量完畢，船長即下令揚帆啓航，我們在澎湖鄉民的歡送聲中，駛向台灣本島。當天天晴、浪靜、風順，正是航海人最喜愛的好天氣，三支滿抱的風帆在海面上乘風破浪，載著我們這批苦難的台灣人，向台灣寶島的美麗家園前進。

從5月底出發，經過十七天的航行，我們終於從雲縫裡看到闊別多年的台灣山脈，當時我的心情，就像看到一位慈愛的母親正伸出雙手擁抱我們這群海外歸人。大家扶老攜幼站在甲板上迎接著這感人的一幕，眼眶裡都積滿了晶瑩的淚珠，我們終於回來了！

照導航員的指示，我們原本打算從布袋港登陸，但是到了學甲岸邊，碰到海水退潮，船隻擱淺了！我們幾個年輕人下海推船，推了半天，船卻動也不動一下。一輪明月憐憫地照著從深夜就泡在海裡推船的青年的背影，最後我們放棄了，只好把婦女老幼留在船上等滿潮時再航行到布袋港上岸，大家約定在北港會合。

學甲沿岸的村落傳來報時的雞鳴，我們迫不及待游泳上岸，當我們步行經過一處蕃薯園時，已經清晨三點半，我們飢不擇食，看到路邊有地瓜就挖起來吃，但想不到在這半夜裡，竟跑出一個看園的人，他起初很生氣，但當他聽完我們的悲慘境遇後，不但請我們盡量吃，而且還跑回村裡告訴鄉親，說有人從海南島歸來，因此當我們經過村內時，受到每戶人家最好的食物招待。

經各村庄鄉親的協助，我們乘五分仔車於中午時分到達北港，和坐船到布袋港上岸的人員會合。

在等待人員到齊的這一段空檔，我到北港的一間書局看書，遇到一位正在北港採訪的中華日報記者，我談起戰後台灣人在海南島的遭遇，以及我們冒險回台卻在海上遭遇颱風和海盜襲擊的經過，第二天的中華日報上於是有了這麼一篇新聞紀事：

中華日報　民國35年6月17日（星期一）紀事

一念．父母に會ひたや

航海中海賊と暴風雨に見舞はる
海南島歸來台胞苦心談

【新港訊】打ち挫かれた海南島臺胞の一部は六月十四日夜十二時頃新巷（港）海岸に上陸しと河年振りかで故?の土を踏んだ。彼等の悲慘、苦痛、冒險に富んだ歸來談を聞くことにしよら。

戰爭が終局を結ぶや、海南島臺胞は生活苦と逆境に陷って目　警戒と苦惱に曝された。早くその環境を打開しなければ、その目前には死への路しか開いていない事を和りつつも、賴みにならいどころか、酷薄な仕打ちをする海南島の官民とごは暗闇を爪搜る（探る）様なものであった。それで死ぬより父母に一回會ってから死のうといふ念圖を以って奔走した結果、今回こうして歸って來た我等八十名は死を賭し、僅か許りの持品を處分して、二千斤の米や食料品を手に入れて、ジャンク一隻って雇去る五月廿九日海南島を解纜して、ただ憧れ懷かしの故?へと向かったのである、出航して吾　は三日目に不幸な珍客に見舞はれた。これは汕頭附近で機關銃をすゑつけた海賊船に襲?され素手の我は、海賊に依って彼等の根據地と思はれる島に揚陸されて、二階建の一室に幽閉されて數回に　って身體檢?を受しけ素裸にされて返して貰ったのはお互いが著てゐる一張羅の著物と八十名に對する三十斤の米だけだ。これは死を宣告されるに等しぃ。この米は幼兒のみに頒かち與へた。他の者は斷食し水すら咽を通らない。更に航海が續けちれる事三日吾　は海上で暴風雨に遭ひ、皆くたくたにる程搖られ、生きた氣持を失った。沃雲（妖雲）は空を掩ひ、波浪に船は正に?まさをんとし、雷鳴は頻りになる最中に船中で船空中の一婦人が男兒を分娩した。不思議に分娩するや嵐はピタッと忘れた様に納まり、これおらは無事な航海であつた。神の加護と一同大ぃに感謝してゐるが、こうして慘めな姿をして言語に?する苦痛を經て來たがこれでも無事臺灣の土が踏めたるを感謝してゐる。これよりもの中ちらお願ひしたい事は、早く未だ歸っへ來ない海南島の臺胞の救濟に積極的に援助が與えられたぃ事です。言葉で云ひ盡くせないゝ程臺胞は苦難の裡にある。もし一旦一日延ばして居れば彼等は?里の老父に會える事は到底不可能であらうと。

一心・想見父母

航海中遭遇海盜與暴風雨
從海南島歸來台胞的苦心談

【新港訊】受盡挫折的海南島一部分的台胞，六月十四日深夜十二時左右登陸於新港的海岸、踏上離別了幾年的故鄉土地。來聽聽他們所遭遇的充滿悲慘、痛苦和冒險的歸來談。

戰爭一結束，海南島的台胞立刻陷入生活的痛苦與逆境，天天曝露於提心吊膽和苦惱的環境。若不早一天脫開，眼前只有死路一條，海南島的官民不但無法依靠，反而施以酷薄的手段，我們好比在黑暗中摸索。如此待死，不如見父母後再死也甘願。這一次歸來的我們，就是以這樣的念頭奔走的結果，我們共八十人以拚死的心情，將身邊所有東西全部處分掉，採購了二千斤米和一些食品、雇用了一隻船，於上月廿九日離開海南島，奔向懷念的故鄉。

可是，我們出航才三天，就遇到了稀客—在汕頭附近被裝有機關槍的海盜船襲擊。空手的我們被海盜帶到似若他們基地的島上登陸，關閉於二層樓的一個密室，好幾次被剝衣檢查全身，最後歸還給我們的，只有大家穿在身上的一套衣服及三十斤(18公斤)米而已，這不等於宣告死亡嗎？這些米只分給幼兒們吃，其他成人全員斷食，連水都無法飲用。我們在海上繼續航行了三天，遭遇到暴風雨，船隻快要被巨浪吞噬似的，大家被搖晃得死去活來。在滿天妖雲、雷鳴不絕中，船客中的一名婦人分娩了一個男嬰。說也奇怪，正當分娩時，暴風雨頓時靜止下來，從此即一路風平浪靜。大家認爲這是神明的保佑，謝天謝地一番。

歷經無可言喻的痛苦而成了如此悲慘的模樣，終於能夠平安踏上臺灣的土地，眞是感謝無盡。

我們衷心地期盼(政府)提供積極的援助，救濟尚未能從海南島歸來的台灣同胞們，他們正處於用言語無法表達的苦境中，若一天一天拖延下去，他們可能再也見不到鄉里父老了。

當天中午，我們在北港公會堂用餐，並向北港鄉親報告戰後滯留海南島的台灣鄉親的慘象，託請大家發揮同胞愛，派船接回。下午，我們分別各自向北港媽祖廟借了回家的車資(我已還給北港媽了)，我從北港搭五分仔車(免費招待)到嘉義，再轉火車回台中，到達南屯的家時，已是夜晚，家人見到我，嚇了一大跳。他們已兩年沒有我的音訊，原本以爲我已戰死外地，沒想到如今竟活著回來了，怎不令人欣喜若狂呢？我的歸鄉，當時在南屯整條街都非常轟動！

剛回到台灣時，由於我沒有什麼社會經驗，家人希望我到《國民新報》實習，見習「社會學」，否則我在軍隊待了那麼久，恐怕一時無法適應。當時的《國民新報》有中文和日文兩種版本，三天出刊一次。

實習中，我發現報社社長與台中地方法院有所勾結。台中地方法院由三名中國人把持，其中兩個法官，一個檢察官，貪污非常嚴重。有一次，一個國民黨人因偷竊被抓，關在看守所，家人抓了十隻雞來找社長關說，社長留了七隻，要我把剩下的三隻雞送去法院，不久人就放出來了，說是被冤枉的。

除了在《國民新報》上班外，我利用報社未出刊的空閒時間從事私人事業，和廖朝樹、賴冠等三人合夥經營農場。這個農場有一百多甲，原來是日本人的木村農場，日本人走了，成爲無主產業，於是我用記者身分和廖朝樹的參議員身分，向縣政府打通關節，取得了經營權，種植樹薯，由我負責管理。如果不是「二二八事件」發生，我捲入其中而坐牢二十四年，這些田產至今可能就由我們三人共有，以現今的價値來計，或許我的財產上億。

第二部

為台灣鄉土而戰(二二八事件)

事件發生

一、事件發生背景

回到故鄉隔年，我就遇上二二八事件。二次大戰結束後，國民黨政府宣稱台灣回到祖國的懷抱，但台灣人看到的「祖國」，比日本人更蠻橫無理、貪贓枉法、無所不爲，生活上反而因爲「祖國」的來到，急遽惡化。

穿著草鞋的中國兵來台灣之後，開始欺負台灣人，他們水準很低，看到自來水，以爲將水龍頭隨便往牆上一插就會有水，於是搶了台灣人的水龍頭，挖個洞看到沒水流出，就要找台灣人算帳，說台灣人欺騙祖國的人。這些沒看過電燈、火車的中國人來台灣之後，竟然都當了科長以上的官。另外還有許多荒謬的現象，像是三個人合娶一個太太，或是明明已結婚卻佯稱未婚，娶了台灣女子後，又將她賣到大陸。

此外，還有士兵到布店買布，利用台灣人熱愛祖國的單純心理，要求浮報金額，開列不實的收據。兩三天之後，再由另外幾名拿著槍的士兵，要求退貨，店家迫於無奈，按收據上不實的金額買回原布。

我們台灣人的水準比較高，很守法，台灣女孩子很有禮貌又大方，看到人都會微笑，中國人以爲女孩子對他們微笑，就表示對他們「有意思」，因此發生了很多問題。過去受日本統治，台灣的生活水準還可以和日本相比，但中國人一來之後，我們卻變成了三等國民。台灣人過去對祖國期望很大，反抗日本人，終於等到日本人回去了，卻「狗去豬來」。

那時台灣人的心情很沉重，忍無可忍，1947年2月27日，終於發生「二二八事件」。冰凍三尺非一日之寒，台北查緝私煙引發的抗暴事件只是導火線，事件一發生，台灣人紛紛響應，全島各地掀起反抗國民黨貪污獨裁統治的抗暴運動，社會進入動盪不安的局面。我個人也投入這個運動。這個事件爲期甚短，後來的屠殺與迫害，嚴重影響了台灣日後的政局及台灣人的性格，也影響了我的後半生。

二、事變中的台中

「二二八事件」發生時，我住在南屯祖居，消息傳到台中，大約已是28日下午。當時南屯與現在西屯、北屯、大里、霧峰、太平、烏日等地，合稱「大屯郡」，屬台中州轄。消息傳來時，我剛從自營農場「100甲」下班，在回家的路上看到路人競相走告：「中國人在台北亂開槍，打死很多台灣鄉親！台灣人對這批中國阿山的欺辱已忍無可忍！台灣人要團結！大家要站起來！」也許因爲我當過記者，有職業敏感性，從中國人竊佔台灣後的種種亂象，我就預感總有一天會出事。

事變發生後，從3月1日開始，全省的台灣人就跟著動起來，佔領派出所、接收槍枝。事變蔓延到台中時，起先有一些流氓趁火打劫，但是包括「台中一中」、「台中商業學校」等校的學生組成學生隊，開始維持秩序後，流氓就消失了，所以台中的行動並沒有流氓參與。

當時謝雪紅在台中的知名度很高，以一個女性在那麼保守的社會環境下，敢於爭取男女平等，又有膽量和當局對抗，實在值得欽佩。3月2日，台中市民群集於台中戲院召開「市民大會」，推舉謝雪紅擔任主席，她在台中戲院的演講結束後，政府就開始抓人了。我當時正從報社出來，親眼目睹這件事。另外，在現在的「台中大飯店」前面，許多民眾在毫無預警下被機關槍打死。我看了很不忍，決定起而行動。

後來台中市民眾與國民黨軍隊在「教化會館」(原日本第八部隊對面)發生正面衝突。國民黨在「教化會館」駐有不少兵力，因為有一些人躲在裡面不肯出來，台灣人只好發動攻擊。但由於該館是水泥建築，一直攻不下來，最後大家決定用消防車載來汽油，準備放火燒，裡面的人才出來投降。

三、化解台中「空軍三廠」危機的功臣

3月3日一早，我到台中師範學校找吳振武前輩，他正率領學生隊要到「空軍三廠」。我在這裡提供二二八事件發生時，幾位有識之士默默為台中鄉親化解危機的眞相。

當二二八事件震撼台中州時，州內各郡市鄉鎮的政府及軍事、警察機關幾乎都被民軍佔據，但水湳的「空軍三廠」仍「屹立不動」。該廠有九百多名官兵，還有強大的陸軍警衛隊駐守。廠內有大批的武器彈藥，鋼筋水泥牆的槍洞裏排滿了機關槍，可

以說整個廠都有武裝。

台中的有識人士忌憚空軍廠官兵挾其優勢軍力進攻台中市區，這可不是各自爲政的民軍隊伍可以對抗的。該廠的陸軍警衛隊長主張「以暴制暴」，要用武力鎮壓的方式攻入台中市區。雙方劍拔弩張，台灣軍官李碧鏘准尉（彰化人）認爲：「槍不是用來對付老百姓的。」該廠雲鐸廠長也顧慮到雙方的安全，認爲軍民不能以互相殺戮來解決爭端，於是命令李碧鏘到台中市和吳振武與謝雪紅商議，由學生來警衛空軍三廠。

3月3日吳振武帶著學生隊到空軍三廠廣場，在吳振武、謝雪紅、李碧鏘的見證下，從陸軍警衛隊手上將步槍一支一支交給學生隊。這樣一個簡單的交接儀式，化解了危在旦夕的緊張

作者與李碧鏘合影

局勢。當全台各地一片屠殺對抗，尤其在嘉義機場的攻防戰中，民軍付出了慘重的代價，而台中市區在吳振武、謝雪紅、李碧鏘、雲鐸廠長等幾位功臣默默的努力下，逃過一劫，眞是功不可沒。

四、站在第一線

3月3日在台中師範目送吳振武前輩帶學生隊出發後，我順路到中山路拜訪民主前輩張深鑐博士。沒有找到人，卻差點在馬路上被國民黨軍車上的機槍掃中。我剛從張博士家中出來，在台中市自由路看見國民黨軍的卡車，上面裝著一支重機槍沿街掃射，我親眼目睹一名賣菜婦女中彈身亡。經過日本統治五十一年的台灣，已是一個法治的社會，中國人這種暴行，令我無法忍受，所謂祖國的國民黨軍隊，竟如此殘暴地對待台灣鄉親，特別是婦女，實在令熱血青年難以苟同。

這時候我在街上碰到熟人，邀我加入正在成立的「獨立治安隊」。當時參與「獨立治安隊」的民眾大多是海外回來的兵員，以及一些「台中農學院」的學生，例如陳明忠[1] 也在我們隊上。

這支隊伍負責維持車站及台中市南區一帶的秩序，還曾保護過附近幾家報社出報的運作。那時陳明忠負責看管火車站，我負責保護外省籍的新聞記者，讓他們正常發稿。因爲擔心外

[1]陳明忠爲高雄縣岡山人，「二二八事件」發生時，正就讀台中農學院(中興大學農學院前身)三年級，隨後加入「二七部隊」。「二七部隊」副官古瑞雲派他擔任突擊隊隊長，攻擊駐守日月潭的國民黨軍。「二七部隊」解散後，陳明忠避走高雄，於1950年6月2日遭岡

省人被打，我們將他們送到監獄集中管理。另外，報社也集中了一些外省人，我自己也住在那裡，保護他們的安全，讓他們順利發報。

《和平日報》的社址就在現今中山路、繼光街轉角的洪瑞珍餅店。《自由日報》則在台中大飯店東側巷內，有不少外省籍編輯住在報社的宿舍，即今民權路、綠川西街轉角一帶。那裡原來都是日本宿舍，日本人離去後，被《和平日報》接收。住在宿舍的外省人害怕遭到台灣人襲擊，所以要求我們保護。我因爲自己原來也在報社工作，彼此有些關係，心理上認爲對外省人的攻擊不能以偏概全，於是答應保護他們，讓報紙能夠順利出報。「二二八事件」發生後，報紙出報大多不正常，經常出些「號外」，出報的時間不定，內容也多以「二二八」的發展爲主。

《自由日報》存在的時間很短，《和平日報》比較著名，蔡鐵城就是《和平日報》記者，在報業工作上，蔡鐵城後來和我曾有很密切的合作，我對他有深刻的印象。他給人很好的印象，體型強壯，臉孔帥氣，爲人也很熱情。我跟他交談過幾次，言談中覺得他對貪污獨裁統治十分不滿，也十分同情被壓迫的窮苦人。後來他果眞因爲懷抱這樣的理想，奉獻了生命。

從名稱上來看，「獨立治安隊」似乎有大規模的組織與政治號召，事實並非如此。這個治安隊的本部設在公賣局倉庫，群

山憲兵隊逮捕，最後被判處有期徒刑十年。出獄後，又因「三省堂書局事件」(閱讀日文版馬克思書籍)，與黨外立委黃順興的女兒黃妮娜等人一起被捕。詳見：《台灣白色恐怖檔案》http://home.kimo.com.tw/snews1.tw/Myword/06/myword_06_002.htm。

龍無首，出入的人不過是些烏合之眾，整個治安隊不到三十多人，徒有治安隊之名，卻連一個隊長也沒有，聽說原來有，但後來不知去向；甚至連武器也是七拼八湊，沒有人會用。

這在當時並不是什麼奇怪的事，因爲「二二八事件」發生後，各地陷入無政府狀態，民眾四出接收武器，進攻軍事機關，武器到處可見，一旦有了幾把武器，再找幾個人，有一個場所，就可以成立什麼治安隊、自衛隊、民主隊、保衛隊。於是帶著各種武器的隊員四處亂竄，秩序至爲紊亂。「獨立治安隊」就曾發生過一個性好張揚的隊員帶著武器上街，結果碰到其他治安隊隊員，被繳了械，幸好沒發生什麼衝突，否則後果就很難說了。另外也發生過一個隊員把接收來的武器彈藥及隊上物品竊走而一去不回的事。

在治安隊那兩、三天，我教導隊員如何使用武器，如何排班站衛兵，組巡邏隊，留守待命。因爲是雜牌軍，不但服裝不整，連吃飯也是大問題。好在那時很多中學女生和社會婦女爲響應抗暴，都自動到台中醫院義務幫忙炊事，做了很多飯團供各抗暴隊伍食用，治安隊才免於無炊之憂。

這支雜牌軍只有我是唯一服過役的日本軍人，戰後初期的台灣和日治時代一樣，日本軍人普遍受到百姓尊敬。我是科班出身的海軍軍人，第二次世界大戰時又曾在南方前線作戰，大家似乎有推我爲隊長的默契，我也沒有推辭，負起各種工作，雖然這些工作對剛滿二十一歲的我未免太沉重了，但爲了自己的鄉土，也只好拚了。

二二八事變時，我的家鄉南屯有一個「南屯派出所」，主管是福建人。他只有二十多歲，年紀很輕。我與庄內五、六名青年到派出所時，裏面的警察也已知道民眾開始接管治安的消息，不得不收起平時得意的嘴臉。我們在派出所內的宿舍找到了主管，這個平常喜歡收紅包、趾高氣揚的福建人，此時臉上出現畏縮與求饒的神情。有些和我們一起去的青年人在門口叫罵著：「阿山仔、臭腳兵仔、出來！」這樣的叫罵給他們很大的精神威脅。

當時台灣人把外省人、國民黨、軍隊視爲一體，「臭腳兵仔」當然是指穿著不三不四、全無紀律的外省兵。這個年輕主管的宿舍內還有一個女人，好像是台灣人，不斷替她的男人求饒，我們並不清楚他們是夫妻或其他關係。這個福建籍的主管說的是與台灣話相同的閩南話。當時，像他這種男人在女人面前是很吃得開的。我直截了當地說：「把武器交給我。」他看看我身上的日本海軍軍裝，似乎不太願意。

戰後初期的台灣，物資缺乏，時常可以見到穿著日本軍裝的年輕人。在二二八事件過程中，穿著日本軍裝的台灣年輕人更是與國民黨軍對抗的主幹。整個南屯街仔，只有我一個曾當過日本海軍，自然順理成章地帶頭出來領導接管治安的工作。這個主管不願交出武器，引起同去的青年喊打。我一面制止，一面勸說：「這是爲了你好，你帶著武器，萬一因此遭遇不幸，豈不是冤枉。把武器交出來，讓我們保護你，豈不是更安全。」

他思索了一下，很不甘心地把身上的毛瑟短槍交了出來。

隔天，我們實現諾言，把他雙手反綁，在民眾夾道鼓掌歡呼下，像趕牛一樣，把他送進監獄，跟其他的外省人集中在一起「保護」。

接管派出所後，我們十幾個人成立了自衛隊來保衛庄園。一直到我離開南屯去台中投入二七部隊轉戰埔里爲止，這個自衛隊一直沒有眞正做過什麼事，一來因爲南屯是農村社會，民風保守，二來因爲地處偏遠，沒發生什麼大事件，在「二二八事件」的震盪中，僅是一些小波紋。

雖說沒什麼大事件，卻也發生一件中國軍持武器搶劫民宅的事，民眾立刻向自衛隊報告。搶劫民宅的中國軍人駐在原來的競馬場，競馬場就是現在的成功嶺軍事基地。在日據時代，競馬場有賭馬的賽馬，我在孩童時代，曾經跟父親去看過幾次，十分有趣。被搶的民宅位於現在的嶺東商專附近，搶走的是一些食、用的民生品。在那時，中國軍人持械劫奪民眾，時有所聞。

自衛隊獲報後，有人提議「進攻」競馬場，但是光靠派出所那三支步槍、一支毛瑟槍、幾發子彈，是無法「進攻」的。我只得向台中市市民館的「本部」求援。當時的市民館位於現在財神百貨公司(民族路門口)的正對面。我到市民館時，裏面很熱鬧，人來人往，很多穿日本軍裝的人進進出出，我向「本部」報告軍人劫民宅的經過，「本部」的人看了我的軍裝一眼，發給我一箱手榴彈，約有一百個左右，很重。我正爲搬運這箱手榴彈回南屯而苦惱時，碰到一個計程車司機自告奮勇載我回南屯，「代價」

是給他一個手榴彈。

這箱手榴彈在南屯那個保守地方引起一陣騷動。地方長輩對我也有幾分「不安」。我接管了派出所，又將主管綁起來交由台中派來的人押走，再搬來了這箱手榴彈，難免疑慮。

爲自衛隊的成立，我曾經召開過一次會議，有二十多名青年參加，年紀較大的長輩大多沒來，因我只邀了當時的台中縣參議員廖朝樹，原因是他在地方上有財有勢，希望他出錢出力。但是廖朝樹畢竟是既得利益者，口口聲聲說目前狀況不明，還要看看祖國的態度如何。廖朝樹代表了那時一些地方仕紳的態度，使「自衛隊」的成立受到打擊。也許是年輕，我一時按捺不住，開口罵了起來：「就是你這種台灣人，吃爸倚爸、吃母倚母。」財大勢大的廖朝樹那裏受得了這樣的辱罵，當場臉色發青，掉頭就走。廖朝樹是南屯的「限地醫」，也就是非正牌科班的醫生，不過是讀過一些醫學知識，經過日本政府核准，限定在南屯行醫，而因爲南屯只有他一個醫生，所以賺了不少錢。說起來，我跟廖朝樹還有一份「股東」的交情呢。

「自衛隊」士氣不振，沒有受到地方仕紳的支持，「進攻」競馬場的計畫也難以執行。隊員中也沒有人會使用手榴彈，對於「進攻」更是興趣全無，只是想看我表演如何擊發手榴彈，因爲考慮到安全，我沒有答應，「進攻」的事也就不了了之。

二二八台中的各種對抗行動，大致可分爲以民意代表(如林連宗律師)和地方士紳爲主的協商會議路線，以及以青年學生、台灣人原日本兵爲主的武裝對抗行動。二七部隊就是當時中部地區最具組織與火力的一支武裝民軍。

五、「二七部隊」[2]

事變發生時，台中地區一些有正義感的台灣青年與中等學校的學生紛紛自動組織治安隊，包括：「獨立治安隊」、「警察隊」、「自衛隊」、「台中師範隊」、「台中商專隊」、「台中一中隊」、「埔里隊」、「建國工藝學生隊」等。

「獨立治安隊」成立沒幾天，大家爲了團結民眾力量與方便調度，決議將各隊集合在前日本陸軍第八部隊的干城營區統一指揮。後來這支隊伍就被稱爲「二七部隊」，而獨立治安隊則改爲警備隊，成爲負責二七部隊營區安全的主力軍。

二七部隊成立於3月6日，由謝雪紅任總指揮，下有鍾逸人任隊長、古瑞雲任副官，我因爲是軍人出身，比較熟悉軍務，所以擔任警備隊隊長。指揮系統大體成型。在宣傳方面，由記者出身的蔡鐵城擔任宣傳部長，負責宣傳工作。

二七部隊指揮系統的主要目的是維持治安，保護鄉親的生命財產安全。當我把二十六名獨立治安隊的雜牌軍帶到干城第

---

[2] 有關「二七部隊」成立，鍾逸人在《辛酸六十年》中提及，1947年3月4日在台中干城營區，他將原「民主保衛隊」改作「二七部隊」，以紀念2月27日台灣人被慘殺的日子。詳見：鍾逸人，《辛酸六十年》(台北：前衛出版社，1993年)，頁479-482。古瑞雲在《台中的風雷》一書中描述，「二七部隊」於1947年3月6日成立，由鍾逸人任隊長、古瑞雲任副官、蔡鐵城任宣傳部長、黃信卿爲參謀長、石朝耀爲聯絡官。二七部隊的基本隊伍包括：埔里隊(以鍾逸人親信黃信卿爲首)、中商隊(以何集淮、蔡伯勳爲首)、中師隊(以呂煥章爲首)、警備隊(以黃金島爲首)、建國工藝學校學生隊(以李炳崑爲首)，以及當過日軍的農民、延平學院的學生、前日軍砲兵少尉及前日軍工兵等。詳見：古瑞雲，《台中的風雷》(台北：人間出版社，1990年)，頁56-57。

原來人稱雜牌軍的獨立治安隊，換上日軍的飛行服並穿上短筒靴後，真是煥然一新，看起來不但帥氣，而且精神抖擻，士氣高昂！他們是烏牛欄戰役台灣抗暴軍的

八部隊營區後，馬上去領日軍飛行服與短筒皮鞋給治安隊每一位隊員。這些雜牌軍換穿上飛行服後，不但精神抖擻，而且看起來都很帥氣。

這些十八、九歲的少年兵活潑又有魄力，比日本軍人還像軍人。我將隊伍的武器換成三八步槍後，馬上帶到操場，把我在日軍所學的戰鬥技能傳授給他們，每一次的戰鬥訓練讓我更有信心把他們訓練成所向無敵的台灣軍。後來還有一些原住民加入了我們的隊伍，使得我領導的警備隊增加到三十多名，後來也一起在烏牛欄戰役中並肩作戰。

六、廿一師登陸[3]

當時還沒有人公開喊出「台灣獨立」的訴求，「獨立治安隊」

廿一師部隊進入埔里鎮街區後，由埔里鎮長許秋和率地方各界代表歡迎，並立碑於舊圓環址。（圖片提供／鄧相揚）

的名稱中雖然有「獨立」兩個字，但我只是一個軍人，不是政治人物，只期望台灣人能站起來，看看台灣能不能由台灣人自治，不論是高度自治，或與中國組成聯盟都可以。

坦白說，當時台灣人很單純，大家視陳儀爲軍閥，對蔣介石仍寄予厚望，所以希望中央公正處理台灣發生的事變，沒想到廿一師來了之後，開始濫殺無辜。

廿一師從基隆登陸後，看到青年人就抓，甚至有用鐵絲貫

[3] 廿一師於1947年3月9日抵達基隆港。根據〈陸軍整編第廿一師對台灣事變戡亂概要〉，廿一師師長劉雨卿在3月6日早晨，於崑山司令部奉劉兼司令官湯轉「主席蔣(36)寅微創畏耳電略開著廿一師劉師長率師部及一四六旅之一個團即開基隆」；劉雨卿見過蔣介石後，3月9日由南京飛抵松山機場，隨後立即與陳儀會面，「晚我四三八團全部均先後到達基隆港當以一部登陸警戒。」詳見：中央研究院近代史研究所編，《二二八事件資料選輯(一)》(台北：中央研究院近代史研究所，1992年)，頁196-200。

穿手掌，將人串在一起，掃射後丟入大海。手段殘忍，殺人彷彿殺雞，毫不留情。

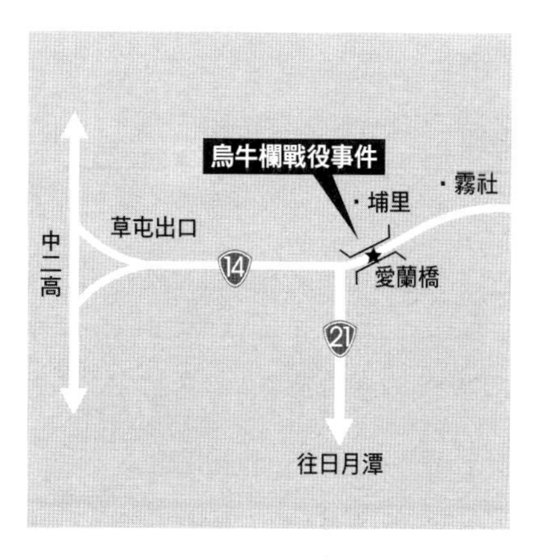

七、撤離到埔里[4]

國民黨軍廿一師到台灣後，整個局勢逆轉。台灣人抗暴受到重挫，地方仕紳的態度也大爲轉變。廿一師濫殺無辜的殘酷暴行，也透過前往調查的便衣探員迅速傳回台中二七部隊，抗暴軍的幹部們立刻召開緊急軍事會議。

當時我們採合議制，針對部隊的戰略，大家意見很多，隊長鍾逸人認爲部隊應該駐守在大安溪和大甲溪隧道口，狙擊陳儀的軍隊，並用飛機、戰車攻擊，直到敵軍投降爲止[5]。大家都認爲他的計畫很宏大，但我的看法是，我們只有幾百人，實力有限，如果繼續留在平地與國民黨軍隊對抗，會造成很大的傷亡，並可能殃及無辜鄉親。所以我認爲最好的方法是保存實力，利用對我們有利的地形地物，撤退到埔里繼續打游擊戰。

---

[4] 根據〈陸軍整編第廿一師對台灣事變戡亂概要〉，四三六團於3月13日到達台中，根據該市市長黃克立告稱「(一)暴徒五百餘12日由奸黨謝雪紅率領向埔里方面撤退並將埔里區公所武器收繳盲從學生多已星散……。」詳見：中央研究院近代史研究所編，《二二八事件資料選輯(一)》，頁203。

[5] 有關「二七部隊」戰略問題的爭議，到決定撤退至埔里的經過，參見：鍾逸人，《辛酸六十年》，頁545-552。

「霧社事件」時，日本人被原住民整得很慘，地形就扮演了很重要的角色。最後我們作成三項結論：

一、外來政權的蔣家廿一師和陳儀的部隊都是殘暴的土匪軍，如果我們放下武器，等於坐以待斃，台灣鄉親將會受到更多殘酷的對待。因此我們必須以武力對抗，如果對抗地點選在人口密集的台中市區，怕連累無辜，增加死傷。而爲避免台中市民大量死傷，必須引誘國民黨軍廿一師到埔里山區再進行反擊。

二．如果我抗暴軍以實力對抗國民黨軍廿一師，對方在投鼠忌器的情形下，可能不會濫殺無辜。

建於日治昭和四年(1929)的埔里街武德殿，戰後因發生二二八事件，二七部隊進入埔里鎮後改稱「台灣民主聯軍」，並以武德殿為隊本部。(圖片提供/鄧相揚)

三・希望台籍人士能藉此擴張實力，與陳儀軍閥談判，
促成改革。

我要在此聲明，抗暴學生軍的組成，其實並不是有計畫的，用意只在阻止陳儀部隊濫殺無辜。由此可知，戰爭不是台灣人所願，而是迫於無奈。

當我們準備撤退到埔里的那天下午三點，正在營內整頓軍用物資和隊伍，但原來駐在「二七部隊」兵營的阿山兵已被地方仕紳從台中監獄放了出來，他們帶著漱口鋼杯和棉大衣，浩浩蕩蕩地回到營區。廿一師來了，局勢對他們有利，他們又可以出來張揚了。但是到了營區門口，還沒撤走的「二七部隊」仍拒絕他們進入。他們走到門口，遭衛兵以槍口斥喝，嚇得高舉雙手。一些會說北京話的人出來跟他們交談，要他們排在外面的圍牆邊蹲下來，等部隊撤去了再進營區，這些「阿山仔」只得乖乖地蹲成一排，畢竟廿一師猶在途中。

撤退的工作很快準備就緒，物資裝備都放在五部軍用卡車裡，上百人坐在卡車上，唱著台灣軍的軍歌，穿著日本空軍飛行服裝，士氣高昂，興高采烈地往埔里去了，沿路上還引起很多人圍觀，像這樣的「軍事撤退」行動，倒是少見。

3月12日下午七點多到了埔里，我們先駐紮在一間國小，但是校長以部隊會干擾學生上課爲由，要求我們撤出，於是第二天上午部隊又移到武德殿，在這裡成立隊總部。我還是負責警備工作。但是從我們進駐小學，到撤至武德殿爲止，我都沒有看到鍾逸人。當時我們部隊採買糧食，都是用現金，而錢糧是

由鍾逸人的親信黃信卿保管，後來沒錢買菜，才聽他說十萬元都被鍾逸人拿去了，而鍾逸人卻不見蹤影。這十萬元是謝雪紅向人募捐來的，她將支票交給鍾逸人，要他去銀行領錢，結果錢是領了，人卻不見了。[6]

二七部隊採合議制，並不強制學生參加後不得退出。部隊進入埔里後，因爲局勢有大變化，很多學生都已經返家，眞正跟二七部隊進入埔里的學生並不多。爲了號召更多人參加，謝雪紅和蔡鐵城等人四處去宣傳演講，聽演講看熱鬧的相當多，但眞正加入的相當少。我記得當時有一位公路局的汽車司機，和一位台灣人警察，冒著生命危險來加入，他們明知道很危險，卻還願意爲台灣人一戰，這一點實在令人感佩，也給二七部隊不少鼓舞。

3月13日廿一師開入台中市，根據我們探得的消息，廿一師揮兵進攻埔里已迫在眉睫，我們立即討論如何對付。討論的重點是固守埔里或再朝內撤退到霧社。主張固守埔里的一派認爲，埔里對外的通道烏牛欄橋前後地勢有利守勢，如果眞的難以固守，可另由埔里往彰、嘉等地退出。至於退入霧社，當然是山區有利於游擊戰，但補給和將來的退路都大有問題。另

[6] 有關十萬元支票下落，鍾逸人在《辛酸六十年(上)》書中，描述謝雪紅曾交付他一張十萬元銀行本票，「謝雪紅說：『這張本票是你三叔、顏春福和黃棟三個人要給二七部隊的……。』」3月13日鍾逸人潛返台中時，將支票交給朱建到台灣銀行領款。在返回埔里途中，鍾逸人投宿草屯一間旅館，遭人搶劫，並被留置於草屯鎮公所，之後在「三青團」台中分團草屯區隊長洪金水解圍下逃出，被搶奪的槍枝、錢財也歸還鍾逸人。回到埔里後，鍾逸人交給古瑞雲「五百張一百元紙幣」，要其轉交謝雪紅。詳見：鍾逸人，《辛酸六十年》，頁526-527；頁559-569；頁663。

外，自二二八事件以來，固然有不少山胞投入參與，但如果整個二七部隊進入霧社，因語言上的隔閡，及生活習慣的不同，整個部隊與當地民眾是否能夠融洽相處，獲得山胞的充分信賴，仍然存有不確定因素。考慮再三，大多數人的觀點漸趨一致，認為應在埔里迎戰廿一師，如果無法固守，再從埔里撤往竹山、彰、嘉一帶。

在埔里期間，我只和謝雪紅見過幾次面，第一次是在巡邏時。那時「二七部隊」駐在武德殿，警衛隊仍是原來在台中時的衛隊。衛隊成員有不少學生，不諳衛隊的重要性，難免會怠職，記得那幾天曾經發生過後門衛兵不知去向的事，我當時很緊張，以為出了什麼問題，後來才發現衛兵是到崗哨附近的一家私娼去跟妓女聊天，大概那時私娼館的妓女從沒見過這麼年輕、帥氣又穿著日本空軍飛行裝的男性，把他召了過去，向他問東問西。衛兵離哨這種事，對我這種在日本軍隊服過役的人來說，眞是不可思議，在戰地，衛兵離哨，除非有萬不得已的理由，否則很可能要遭軍事審判。這名衛兵當時也受了軍事審判，有人主張嚴厲懲罰，還好古瑞雲出面說項，否則勢必遭到處分，這件衛兵到娼寮跟妓女聊天的舊事，現在回想起來，仍令人啼笑皆非。

第二次見到謝雪紅，是進到埔里以後隔幾天的晚上。她在埔里時，大多穿著日本空軍飛行裝，十足男性作風。那天晚上，廿一師要開向埔里的消息已經傳來，「二七部隊」的士氣受到影響。為了募集更多的兵源對抗廿一師，「二七部隊」進入埔里後，即展開募兵的工作，謝雪紅本人和當地的仕紳見了幾次面，聽說效果不理想。蔡鐵城擔任宣傳部長，白天往卡車一跳，就四處到人多的地方，在卡車上以紙筒向民眾傳達「二七部隊」到埔里的原由，號召民眾踴躍加入此一對抗國民黨陳儀軍隊暴虐統治的行動。演講時，觀眾的反應可以說相當熱烈，頻頻鼓掌。我那時也都跟著蔡鐵城外出，蔡的身材高大，長相帥氣，口才也很不錯，因此相當受歡迎。可是一般民眾加入的情況還是不盡理想，這與當時局勢的逆轉當然有很大關係。那時盾入埔里的「二七部隊」人數原已不多，兵器火藥的來源也相當有限，要與由大陸調來的廿一師正面對抗，可以說毫無勝算。

魂斷烏牛欄橋

「二二八事件」中，「烏牛欄戰役」是我曾經參與的第一次，也是最後一次的正式軍事行動。從雙方死傷人數來看，「烏牛欄之役」的戰鬥在中部是最激烈的，與我同在第一線防守的弟兄，有四個在戰役中捐軀了。至於國民黨軍隊的死傷人數，根據國民黨的官方資料，接近百人。這次戰役，從凌晨開始，一直到當天晚上才結束，除了雙方各有死傷之外，也有當地民眾遭到波及，死了幾個人。

就地理形勢來說，如果不是二七部隊的兵力與廿一師相差那麼懸殊，要在埔里固守，甚至擊退國民黨軍的進擊，都是十

烏牛欄溪與烏牛欄橋

分容易的。既然已經決議在埔里防守，不再向霧社撤退，就必須開始佈置防守線，照當時「二七部隊」的體制，防守線的軍力佈署，當然必須由隊長鍾逸人負責，但鍾逸人卻在這緊要關頭不見人影，只好由我與副官古瑞雲來商量部署事宜了。

「二七部隊」退入埔里後，謝雪紅很少對軍事行動表示意見，她只忙著與蔡鐵城鼓勵當地的民眾參加「二七部隊」。在「二七部隊」，謝雪紅還有一項值得肯定的作用，就是穩定軍心士氣。不可否認，廿一師的登陸，以及「二七部隊」向埔里撤退，對士氣打擊很大，加以「二七部隊」成員都是臨時湊合，面臨國民黨軍的攻擊，軍心十分浮動。謝雪紅以一介女流，堅定表示要固守埔里，令「二七部隊」成員有「難道我連女人都不如」的自省。雖然後

烏牛欄吊橋（今愛蘭橋前身）為二二八烏牛欄之役的歷史場景。（圖片提供／鄧相揚）

烏牛欄吊橋附近的河川景色。(圖片提供/鄧相揚)

來沒有眞正守住埔里，但至少仍給國民黨軍予以迎頭痛擊。從另一個角度來看，「二七部隊」在埔里重挫國民黨軍，使國民黨軍投鼠忌器，不敢爲所欲爲，發揮了一定程度的正面作用。

3月14日下午，中共台灣省工委台中市負責人謝富突然現身埔里武德殿的「台灣抗暴部隊司令部」，傳達共產黨員立刻停止一切活動，並隱蔽起來以保持組織力量的密令。於是，連同謝富之子、楊克煌及誓言戰到最後一兵一卒的謝雪紅等人，未開戰就率先潛逃了。不久，衛兵又來報告說，能高郡區長賴德聽、埔里鎭長許秋和醫生、議員董江立等三名政客已逃到台中向廿一師輸誠，引導廿一師來埔里攻打台灣抗暴部隊。這時，我們又接到國民黨軍廿一師四三六團參謀人員打電話來勸降：

「國軍兵力強大，武器精良，我勸你們放下武器，可以保證你們的生命安全，還有賞金可領。」我們說：「對你們這一批蔣家奴才，我們台灣人不會再上當放下武器的。」廿一師參謀人員說：「你們不投降，我們就要進攻了！」我們鄭重表示：「熱烈歡迎，不過你們要當心有來無回。」

一連串台灣人不爭氣、不團結的作爲，不但打擊了我們的士氣，讓人痛心，但這都不影響這群血氣方剛、熱愛台灣鄉土的勇敢台灣青年。我們不斷研擬迎戰廿一師的兵力佈置，爲了台灣人的尊嚴，明知不可爲也得爲。

一、夜襲日月潭

3月13日，情報指出廿一師可能會發動攻擊，我們立刻研議如何應戰[7]。古瑞雲認爲我是軍人出身，又經歷過戰爭，要我先去勘查地勢。

我勘察後發現，國民黨的軍隊要進入埔里，必須先穿越烏牛欄溪及烏牛欄溪橋[8]。我研判敵軍應該會從這裡攻進來，而烏牛欄溪橋的東、北、南三側，都有可供防守的據點，因此我建議古瑞雲，我們的兵力應該防守這三側，夾擊國民黨的軍隊。

---

[7] 根據黃金島在〈烏牛欄之役首度大公開〉文章中提及，「二七部隊」在討論如何因應廿一師時，有固守埔里以及撤退霧社等兩種意見。由於撤退至霧社恐會面臨補給、退路以及是否能得到霧社原住民的充分信任等問題，最後「二七部隊」決定固守埔里，在烏牛欄溪迎戰廿一師。詳見：《台灣時報》，〈烏牛欄之役首度大公開〉，1988年3月13日，第18、19版。

[8] 即今之愛蘭溪與愛蘭橋。

我和古瑞雲商量後，將主要兵力及彈藥集結於烏牛欄溪橋南側的小山巒上，北側、西側也各有兵力駐守。

防守線佈署妥當以後，依照一般作戰的方式，南側派出哨兵向台中方向巡哨，但整日都沒有發現廿一師的蹤影。後來有偵察兵回來報告說，廿一師有一個連隊已經進駐日月潭，確實兵力不詳。我和古瑞雲從廿一師參謀在電話中的說詞，與前一天俘虜的偵察兵的供詞，研判敵方尚未摸透我方虛實。在這種

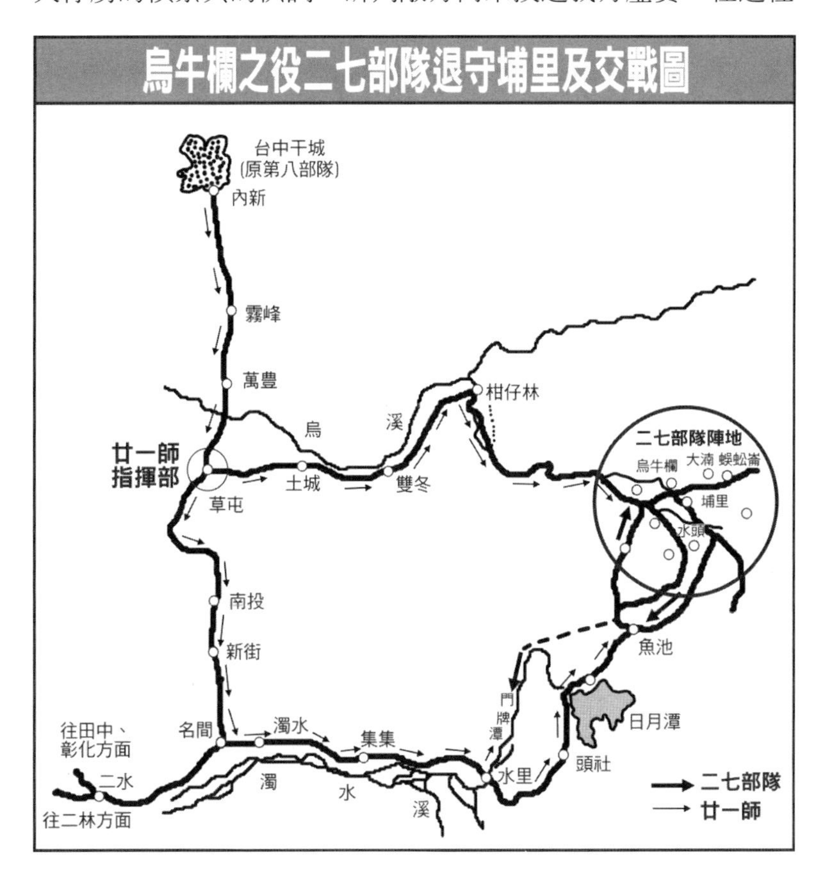

情況下，攻其不備定能取勝，因此我們決定先夜襲日月潭，然後再集中全力攻擊駐在草屯的國民黨軍隊。

夜襲日月潭的隊伍以中師隊和中商隊爲主力，還有霧社青年及在農村招募的復員軍人等，人數約一百名。

我的警備隊負責扼守烏牛欄，以防腹背受敵。夜幕初臨，我們分乘兩輛公路局巴士出發，到烏牛欄時，三十多名警備隊員佈署在距烏牛欄吊橋南南西625公尺處，桃米坑谷的西側。這裡是海拔500公尺的河階台，居高臨下，有陡起的險要崖壁，從基地可一覽眉溪、南洪溪合流一帶的盆地，而北側陡崖下即是草屯進入埔里盆地的必經通道，實是一夫當關，萬夫莫敵的要害之地。我一生未曾到過埔里，完全依據在海南島作戰的經驗，挑選這個地點。結果我們以三十餘人抵抗了廿一師四三六團的二千多名兵力。

攻打日月潭的行動在晚上十點多開始，由古瑞雲與蔡鐵城二人率隊。我因爲防守烏牛欄溪的關係，沒有參加，但防守烏牛欄溪的弟兄中，有三人前往支援。印象最深的是，當時搭載進攻人員的公路局司機是台灣籍的年輕人，他也是不滿國民黨軍隊壓迫台灣人，在「二七部隊」撤入埔里以後，自動投入「二七部隊」，跟那些畏縮怕事的「地方仕紳」比起來，無疑更是一條漢子。

提到這個公路局司機，我不由得又想起流傳在「二二八事件」前後的另一個卡車司機的故事。「二二八事件」發生前不久，在花蓮往蘇澳方向的路上，一隊十多人的國民黨軍隊攔下一部載客卡車，將車上的乘客趕下，強行搭車，態度至為蠻橫。結果這名卡車司機在忿怒之餘，抱著玉石俱焚的決心，在蘇花公路將整部卡車駛下斷崖，投進太平洋，與這十多名國民黨軍人一起葬身海底。

這故事的眞實性如何，仍無法確定，但不管眞假，卻都反映國民黨軍如何不得人心，很多人對這個故事都信以為眞，而且廣為流傳。

進攻日月潭的行動相當順利。古瑞雲與蔡鐵城二人大約在清晨三、四時左右回來，記得那幾天天氣特別冷，從警備隊前去支援的三位弟兄回來後，仔細描述進攻日月潭的經過。那時我方兵力和國民黨軍兵力相當。國民黨部隊在夜裡也相當有警

紀念二二八烏牛欄之役追思會（1998年3月16日）

覺性，一發現情況有異，立即對外射擊，但我方進攻火力相當強，國民黨軍一看苗頭不對，連忙趁黑逃逸。我方弟兄進入國民黨部隊駐地搜索，擄回了不少戰利品。

二、烏牛欄戰役

烏牛欄戰役前一天晚上，天氣非常寒冷，天上微星稀疏，幸好我們穿著日本空軍飛行服，足以防寒。大家抱槍仰臥在草叢中，四周空氣相當冷清，感受到作戰前那股肅煞的氣息。這時我認爲最重要的是鼓舞士氣，就把日本海軍陸戰隊在海南島前線遇到苦戰時，日本長官勉勵我們的名言拿來鼓勵弟兄們：

「世間最完美的人，便是那些在生命的逆流中含笑以應的強者。」

「一個人能在不利、無望的逆境中，不氣餒，不頹喪，必能操勝利之券！」

「英雄不在於他比任何人更勇敢，而是他能堅持到最後五分鐘！」

大家的士氣高昂，我再和弟兄們討論戰局，研究各人如何利用地形地物，如果敵人攻來，如何應戰，如果敵人的機關槍要突圍我們的防線，我們應如何用步槍結成火網予以擊退等戰術。

最後我告訴弟兄們，其實中國軍沒有什麼可怕的，我們有備無患！只要我們愛台灣的人團結，爲台灣人的尊嚴，我們要給國民黨軍廿一師一些教訓：台灣人不是那麼好欺負的！我們一定要對自己有信心！

弟兄們的士氣再次受到鼓舞，矢志願爲台灣犧牲。他們暫時忘卻了戰爭的緊張，雖然明知廿一師即將進攻，但他們的臉上找不到絲毫的畏卻，雖然明知這場戰爭是不可爲而爲，但無論如何也要堅持到底。尤其二七部隊與廿一師兵力相差如此懸

地圖提供：洪敏麟教授

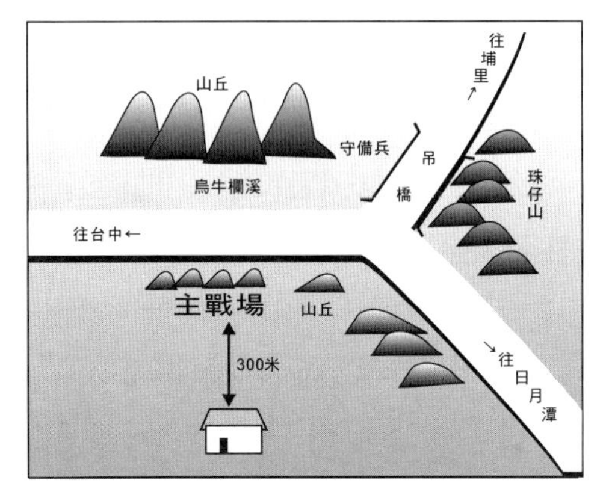

殊，在廿一師大軍壓境下，結果可想而知。弟兄們對我這指揮官有信心，在逆境中，連一個臨陣脫逃的人都沒有。有人批評台灣人「怕死、貪財、愛面子」，也許這樣的批評適於某一部分台灣人，卻不適於當夜駐守烏牛欄溪的弟兄們。

三、黎明的槍聲

廿一師來得比想像中還快。第二天清晨，天色才剛亮，發現廿一師的斥候已對空鳴響了扣人心弦的槍聲。烏牛欄戰役揭開了序幕。

古瑞雲等進攻日月潭的兵力大約在清晨三、四時左右返回武德殿隊本部。即開始爲駐守烏牛欄的弟兄準備早餐，等送到防守線時，已是五、六點鐘，天色將亮之際。因爲是冬天，送到防守線的飯團已冰冷，而弟兄們在外露宿一夜，都已有幾分飢寒，如果再吃冰冷的飯團，顯然十分不宜。我於是在烏牛欄溪南側附近農家，找到一位當年在海南島認識的軍屬，因爲是舊識，他很快就同意把飯團抬到他的屋裏去蒸熱，所以槍聲響起時，我正在屋子裏料理蒸飯團的事。一聽到槍聲，我第一個反應就是國民黨軍隊進攻埔里了。我和兩位幫忙抬飯團的弟兄急忙往屋外衝，從此再也沒有機會回到那間屋子，至於那些飯團，更沒有口福了。

情況跟我原先所料想的並無多大出入。我們跑到山巒北側靠近烏牛欄的地方探望，有幾個駐在溪北的同志剛在溪底洗完臉，準備回到岸邊的小山上，對著溪南的我們邊招手邊喊說，國民黨廿一師已經來了。

剛才的槍聲，就是一位在溪北小山頂上的同志發現向埔里挺進的廿一師時所射擊的槍聲。那個位置，現今已蓋了一間小廟，從台中往埔里左轉走烏牛欄橋時，朝左上方就可以看到。

槍響以後，氣氛十分緊張，我跟二十多位鎮守的弟兄即時進入備戰狀態，原來正在伸懶腰做早操的弟兄這時也都抓起了步槍，每個人都進到隱蔽位置，一時鴉雀無聲。

廿一師部隊在離烏牛欄尙有一段距離時，即以戰鬥隊型前進。他們大概也已看到進入埔里的烏牛欄溪地勢十分險惡，所以才採取戰鬥隊型前進。

廿一師的進軍，乃由埔里的董立江醫師做嚮導。董江立原來對台灣人反抗軍十分支持，一看時機不對，就投入國民黨懷抱，甘爲走狗、馬前卒，行徑實在可恥。二二八事件後不久，他在埔里遭民眾冷眼及排斥，住不下去，搬到台中市西屯區去了。這些事是我坐了二十四年黑牢後，回台中聽人提起的。

溪北山巒上的同志所鳴起的槍聲造成了國民黨軍隊的誤判，以爲「二七部隊」的防守線佈署在溪北，先頭部隊於是無所顧忌地往溪南，集中在我們駐守的山巒底下的窪地，準備對溪北展開攻擊。

我們十多位弟兄在山上屏息以待，幾乎可以聽到他們走動的聲音，還夾雜著一些大陸的土話及髒話，顯然沒有料到他們的頭頂上有敵人。但敵多我寡，我們不敢輕舉妄動。

廿一師對「二七部隊」兵力多寡顯然無法完全了解。尤其當時外界盛傳，退入埔里者有日本軍人，一向對日軍聞風喪膽的國民黨軍，自然格外小心，不敢輕舉妄動。其實廿一師當時派往埔里的軍隊，大約一千以上，最少也有七百人之眾，要擊敗「二七部隊」，易如反掌，但由於對戰況的反應至為拙劣，以致傷亡累累，付出了慘重的代價。

在台灣上岸後，一路以破竹之勢南下的廿一師，也許發覺烏牛欄溪北側山上的兵力十分稀弱，因此有了輕敵之心，聒噪著集結在南側山旁的窪底竹林。先頭部隊約有近百人，人聲愈來愈吵雜，與山巒上正屏息以待的我軍成反比。行軍吵雜乃兵家大忌，如果當天窪底的部隊不是如此吵雜，也許我軍仍難以正確地掌握情況。

這時已到了關鍵性時刻，如果在南側山巒上端的防守兵力還按兵不動，則溪北的防守線馬上就要受到威脅。如果採取行動，即使初期能夠攻其不備而予重創，但源源而來的廿一師部隊勢必殲滅駐在山頂的我軍。

情況十分緊張，山頂的同志除我有在海南島作戰的經驗，其餘完全沒有實戰經驗，而且我們的槍彈數量有限，除了槍支、子彈，只有七、八個手榴彈。照當時的敵我情勢，居高臨下，而且又在樹林裏，窪底也是一片竹林，只有手榴彈能派上用場。我壓低聲音示意同志把手榴彈交過來，並要他們千萬不可出聲，以免打草驚蛇。

集中的手榴彈大約有八個，我在海南島用過這種手榴彈，相當熟練。只要用手一拉保險絲，向石頭一敲，再等個一、兩秒，即可投出爆炸。下定決心後，我拿起第一顆手榴彈，拉開保險絲，在石頭上一敲，手榴彈立刻絲絲作響。對山上屏息以待的同志而言，這樣的聲音十分扣人心弦，戰鬥就要展開。但對底下聒噪，不知命在旦夕的廿一師部隊來說，卻是一點警覺也沒有。

手榴彈離手後，從山頂往下掉，大約到了一半的時候，轟然炸開來。我第一次投擲的方位，就是國民黨軍集結的窪底外端，這個窪底三面是小山，形成凹狀，只沿著台中往埔里的路旁有一面出口，看起來十分安全。這些輕敵的國民黨軍萬萬沒想到，在這最安全的地方，居然禍從天降。手榴彈爆炸後，底下的人更是吵雜，有慘叫聲、有驚惶的呼嚎、有咒罵聲，還有指揮的叫聲，一整群挨炸的人亂成一團，不敢往外衝，因為一出窪底，就暴露在北側防守線的攻擊火線內。

從人聲上可以很清楚地判斷，廿一師的先頭部隊正不斷向內擠避。這時我再拉開第二顆手榴彈，朝窪底中間人聲吵雜的地方投下。又是一聲轟然巨響，跟第一枚手榴彈一樣，又是一陣慘叫，一陣向內擠避的聲音。

第三枚手榴彈再朝窪底的上空拋出，又是轟的一聲。跟前兩次不同的是，這次再也沒有擠避與吵雜的聲音。我再投擲第四枚手榴彈，之後一切歸於死寂。

照當時的情況判斷，在窪底的廿一師先頭部隊死傷應該相當慘重[9]。依照國民黨官方紀錄，烏牛欄之役死傷逾百。但眞確數目有待專家查證。

一連串手榴彈的爆炸聲後，雙方都沒有任何動靜。但由於我軍在溪南山巒的防守據點已完全暴露，因此山上的弟兄們顯得十分緊張。敵眾我寡的情勢十分明顯，據點既已暴露，持久戰對我方不利，雖然敵軍目前對地形相當生疏，但時間一久，摸熟了地形，我軍弟兄必將成爲甕中之鱉，難以脫身。我的憂慮沒多久就成爲事實，駐守溪南的弟兄在敵軍的反包圍下，脫身不易，有四名同志在撤退時遭到射殺。

雖然戰況趨於靜寂，但外弛內張，溪南山上的十多位弟兄分別向山外的四個方向警戒，因爲每個方向都有可能遭到敵軍攀升突擊，情況相當緊張。烏牛欄溪南側的戰事引起了北側弟兄的關切，立刻派人向總部求援，最先鳴槍的溪北據點，這時反而成了第二線，只進入備戰狀態而已。

就在溪南據點與廿一師前頭部隊僵持不下時，向北側戒備的弟兄發現溪北的馬路開來一部卡車，車上有十多名我方弟

[9] 有關「烏牛欄戰役」的詳細經過，詳見：《台灣時報》，〈烏牛欄之役首度大公開〉，1988年3月13日，第18、19版。該場戰役的軍方傷亡人數，官方資料爲：3名陣亡、4名受傷，有關紀錄詳見：中央研究院近代史研究所編，《二二八事件資料選輯》(一)、(四)，頁4-5；頁205-206。

兄，朝北戒備的弟兄們興奮地向增援的卡車招手，車上的人也發現他們了。在這個時候獲得增援，是一件令人振奮的事，但南側突然響起一陣機槍掃射的聲音，弟兄們又躲回隱蔽處。自南側掃過來的子彈，正好飛越山頂往卡車的方向射去，駕駛卡車的兄弟大概受到驚嚇，突然失控，連人帶車衝向路旁的水溝裏。但機槍仍繼續掃射，子彈劃過空中的咻咻聲不絕於耳，坐在衝進水溝的卡車上的兄弟十分倉惶，不敢越過烏牛欄溪來增援。

機槍掃射持續了一陣子，然後又是一陣靜寂，卡車中的同志受到密集火力的驚嚇，不僅不敢越溪增援，而且已經星散，不知去向。在溪北山上防守的弟兄這時也動向不明。朝南戒備的兄弟發現有兩人自底下匐伏向我方前進，照情況看，這兩名匐伏而來的國民黨軍大概是尖兵，企圖打探我方兵力佈署情況。兩名敵軍立刻遭到我方步槍擊射，一名當場中槍斃命，另一名很快後退逃逸。

大約又過了半小時左右，南方一百公尺處又有兩名敵軍扛著機槍準備往東側迂迴包抄我軍，於是我方又再度開槍制止，敵方也開火回應。

情況愈來愈不利於我方防守，如果敵軍機槍向東側突圍成功，我方不但無法堅守防線，而且必定遭到反包圍，受到三面包抄的威脅。無論如何，必須全力防止敵軍突圍，不可任其繞向東側。還好，那時敵軍不知我方虛實，否則以其軍力，全線向我方開火進擊，我方必遭悉數殲滅。我想，敵方因在窪底遇襲，傷亡慘重，士氣也大受打擊，所以才不敢全力還擊。

爲了防止敵軍迂向東側，我方弟兄以十多支步槍向南佈成緊密的火網，只要敵方一有動靜，就同時開火，令其不敢穿越。敵軍一看情況不對，又往南邊走，逃出步槍火力範圍，遁在三百多公尺外沿著山壁向東迂走。雖然我們可以看到敵軍動向，可惜已在射程之外，無可奈何。

四、突圍求援

敵軍的重機槍已迂至東側，危機一步步加深，而我軍火力經過剛才密集的火網掃射，已所剩無幾，每支槍僅剩二、三發子彈，增援的弟兄不知去向，溪北據點的情況也不明。那時眞可說是彈盡援絕，唯一的選擇是全面撤退。但如果全線撤退，我方軍力虛實必將暴露無遺，敵方一定會全力追擊，若是敵軍蜂擁而上，後果不堪設想。

情況的演變使突圍的希望愈來愈渺茫。敵軍迂到東側的重機槍已經架在烏牛欄溪的橋墩上端，槍口對準橋面。我們要從南側的山上脫走，仍必須從橋面穿越，但重機槍在橋墩上對準橋面，堵住了退路，也斷絕了後援。架在橋墩上的機槍一面瞄準橋面，一面對我方據點保持戒備。我方在這時不敢再有所行動，因爲每人所剩的子彈無幾，如果妄動，露了虛實，隨時都有可能遭到殲滅。

但繼續僵持下去也不是辦法，僵持久了，實力也會遭敵軍洞悉。架在橋墩上的機槍朝北戒備，乃顧忌橋北會有增援，因為早上的第一槍就是在橋北山上打響的。但這時橋北的山上全無動靜，萬一北側防守據點也撤退，那麼我們在南側，可就眞的是火力微不足道的孤軍了。

幾經考慮後，我決定突圍，只有突圍才能向本部求援。但突圍首先要穿越有機槍監視的烏牛欄橋，那時烏牛欄橋還是吊橋，要在機槍火網下奔向對岸，隨時會遭射殺。因此突圍行動必須出其不意，一次就必須成功，若無法一次成功，不但突圍的人將陳屍橋面，也會連累守在據點的弟兄，因為敵軍知道據點上的兵力已經難以支撐，必然會全力進剿。

由於當時外界盛傳遁入埔里的抗暴軍有日本軍人，因此敵軍仍有幾分顧忌。如果突圍成功，也許仍大有可為，最起碼可以掩護南側的弟兄撤退。這場突圍冒險，只許成功不許失敗。關於突圍人選，我不敢貿然讓沒有作戰經驗的弟兄去冒險，在這分秒必爭的險境下，只好由我自己扛下這個決死任務。

我將突圍求援的計畫告知弟兄們，也決定再挑選一名弟兄與我一同行動，兩個人同時突圍，萬一有一人遭到射殺，另外一人還可回到總部求援。我選中的一位同志，也曾經在陸軍軍部服務過，雖然沒有戰地經驗，但曾受過軍事訓練，突圍的希望較大。

我擬定的突圍計畫是，我們兩人由山壁溜下，潛行至橋墩下方的死角，等到了橋墩下方後，我方其他弟兄立刻向機槍手射擊，機槍手一發現槍聲，必然會尋找槍聲來向，這時我們兩人就全力向前衝，必在機槍手重把注意力移回橋上前越過橋面。

這個計畫看來頗爲可行，但眞的要實行還是很不容易。首先溜下山壁潛行到橋墩下，必須十分小心，不能讓橋墩上的機槍手發現。這個行動還算順利，但下了山壁就到了路面，照理說廿一師的先頭部隊應該已控制路面，但因爲路面暴露在北側山上我方據點的射程內，敵方害怕再遭南側山上據點的轟擊，因此早已不見人影。我們二人下了路面，就緊靠著山壁向前伏進，這個過程相當緊張，萬一遭橋墩上的敵人發現，就難以突圍了，與我同行的弟兄緊張得臉色發青，我因有戰地經驗，倒是比較坦然。我們很快到了橋墩下面，正準備要衝過橋面時，聽到一聲槍響，山上的弟兄照約定計畫鳴了槍。我們二人死命往前衝。雖然橋面只有一百公尺左右，但感覺特別長，那時我腦中只是不斷叫自己向前衝。衝到橋尾後，心中浮起緊張又興奮的感覺，雖然這時耳邊響起機槍掃射的聲音，但我們已經通過橋面，以臥姿衝下左轉的死角，機槍已無法掃射到。這突圍成功的快感，直到半世紀後的今天，仍難以忘懷。我在海南島日本海軍陸戰隊服役時，雖也曾有驚險遭遇，但從未經歷這種穿越生死關頭的緊張過程。

我們逃出機槍掃射範圍後，第一件事就是先瞭解北側山上據點的弟兄狀況。我們逃過橋面，已到了北側據點的下方，正準備上山時，發現山腳下有一間小店，店門口聚集了一些人，他們看到了我們兩人，很關心地問候我們。我們那時才知道時間已經是下午三點多，從清晨鳴槍開始，已過了九個小時。村人知道我們整天沒吃東西，好意拿出茶水和糕餅。我們狼吞虎嚥吃完糕餅後，登上北側山上的據點，這才發現已空無一人。這對我們兩人冒死突圍是相當大的打擊，但失望歸失望，對烏牛欄溪對岸的弟兄仍不得不給予奧援。我們找到適當地點，朝準對岸的機槍開了幾槍，把身上僅存的幾發子彈打完，主要是想讓國民黨軍產生錯覺，以爲北側據點仍有兵力。

作者所穿的軍用大衣就是當年烏牛欄激戰時所穿的衣服。

打完子彈後，我們立刻趕往武德殿，準備到總部報告戰役，爭取援軍。途中不少農民以好奇的眼光看著我們。廿一師進攻埔里的槍聲已經驚動了民風淳樸的山城，甚至有農民擺出香案，對天禱拜，祈求不要傷及無辜。

回到武德殿總部已接近下午四點半，殿中一片紊亂，物品散置一地，「二七部隊」的成員已是人心惶惶。主要領導人物，只剩下副官古瑞雲還在隊本部，謝雪紅、楊克堭、隊長鍾逸人都已不見蹤影。

我一看到古瑞雲，就興師問罪，質問他爲何當我們第一線與國民黨軍火拚時，後方卻沒有增援，也沒有補給？難道要置第一線的弟兄生之死於不顧？古瑞雲前一晚攻打日月潭徹夜未眠，看來仍有幾分疲憊。他臉色相當沉重回答說，他知道前線有激戰，也派了援軍。

我告訴古瑞雲，前線的弟兄從早晨到現在，已經一整天沒有呑進一粒米和一滴水。古瑞雲說，現在伙房也沒有糧食了，因爲社會人士捐給「二七部隊」的糧款都在隊長鍾逸人那裡，但鍾逸人隊長3月12日就在埔里旅館失蹤了。這對我們又是很重的打擊，這時有幾個隊員很激動，叫喚著：「鍾逸人部隊長！在這重要關頭，你到那裏去了！請不要置弟兄們生死於不顧！」聞之令人心酸。尤其國民黨軍迫在眼前，烏牛欄前線的弟兄們彈盡援絕，正等待我們去解圍，而本部卻已斷糧。

我離開溪南山上據點時，曾向弟兄們保證，如果能夠突圍，一定會帶援軍來解圍，這個承諾，我必須信守。我將這事告訴古瑞雲和本部的其他弟兄，所以當古瑞雲問我有何打算？我要求他務必撥出兵力，回到第一線去解救被包圍的弟兄。

我的要求得到不少同志的響應，有十多位同志已備好槍彈，準備跟我回到第一線。其中有一位同志曾當過海南島日本海軍陸戰隊的巡查補，有作戰經驗，我要求他負責提輕機槍，以對付國民黨軍的重機槍。

我準備帶隊伍再回第一線時，古瑞雲出來握著我的手，我這時氣已消，想到他前夜曾去進攻日月潭，我還怪罪於他，有點對不起。古瑞雲用日語與我互相勉勵，我們兩人年紀相仿，都只有二十一、二歲，他一直擔任相當吃重的工作，對鄉土做出了無私的奉獻，我至今仍對他有無比的感念。

古瑞雲的弟弟古瑞明那時還是工業學校的學生，也很積極參與。「二二八事件」結束後，古瑞明被捕時曾連累多人涉案，我自己也捲入其中。後來古瑞明遭到槍決，我則是在二審時改判無期徒刑，坐了二十四年牢才「假釋」出獄。我們的案是「八仙山軍事武裝基地叛亂案」，憑良心說，我被判刑時還不知道八仙山在哪裡，更別說那裡有什麼武裝基地了。後來我才知道八仙山在台中縣。我在審判時曾要求法官帶我去看一下這個基地，但他們當作沒聽見，就判了我死刑。古瑞雲後來到大陸，改從母姓周，取名爲明，據說就是爲了紀念弟弟古瑞明。這事聽了令人傷感，據我所知，古瑞明也曾逃往大陸，如果不是古瑞雲要他回台灣伺機行動，他也不會被捕遭到槍決。

作者在紀念二二八烏牛欄之役追思會上鳴鐘(1999年3月16日)

五、救援行動

我們決定再回到第一線救援溪南據點的同志後，一行十多人各自攜著槍支，還有一挺輕機槍，從小路往烏牛欄溪前進，準備開闢第二戰場，救出被包圍的弟兄。

回程的路線與來時不同，我們走田間的小路，以免在大路上遭遇國民黨軍。我們如果再回到溪北原來的據點，不但容易引起注意，也有危險性。所以這次我打算越過烏牛欄溪，到珠仔山靠溪南據點的東側，在此可從另一個方向襲擊國民黨軍，攻其不意。這樣的決定，主要還是來自我在海南島的作戰經驗。

到珠仔山已是黃昏時分。由於一晚沒睡，加上饑餓與疲勞，體力已略顯不支，我們到了一個小村落，要求村裏一戶人家爲我們準備晚餐。村人沒說什麼，馬上就去張羅，後來我才知道這家主人是村長，他知道我們在烏牛欄溪抗拒國民黨軍，很熱忱地爲我們準備了晚餐。

2002年底，我再到那個村子想找那位村長致謝，可惜他已過世，只見到他的兒子，我跟他談起這段往事，當時他還是一個孩童，但對這段往事還有幾分印象，還說當晚煮飯的，正是他的兄嫂，可惜那天沒碰到。

趁村長準備晚餐的空檔，我們繞到村子後面的山上，遙望對面山頂的據點，雖然看不出有什麼動靜，但可以確定國民黨軍害怕再度遭到襲擊，仍然不敢越過烏牛欄溪橋。不過我們也不知道山上據點的兄弟是否仍然堅守陣地，或已有另外的行動。

天色已昏暗，視線已模糊，我們看到巡哨的國民黨軍拿著手提電燈，在昏暗的天色中一閃一閃。回到村裡準備進食時，有消息說烏牛欄橋上有兩名突圍的台灣兵遭到機槍射殺。

我的心情本已十分沉重，直掛慮著據點的弟兄。如果我們從珠仔山朝國民黨軍的據點開槍，而能給予據點上的兄弟有利的援助，固然很好，但若據點上的兄弟已另有行動或不在據點，則勢必連累珠仔山的無辜村民，這絕非我們所願。但又回過頭來想，如果山上的兄弟誤以爲我們已棄他們而去，因而遭到不測，那又該怎麼辦？當晚我的心情矛盾萬分，又聽到兩位弟兄不幸遇難，心情更是沮喪。

吃過飯，我們一行十多人再到珠仔山眺望對山，準備伺機而動。我心裡十分納悶，突圍前我就已建議他們，如果要再突圍，必須利用機關槍掃射不到的死角，趁著夜色，藉地形、地物掩蔽，順著烏牛欄溪溪底逃出，但爲何有人在橋上遭擊斃？

我們一直在珠仔山等候，只要對山據點上的弟兄與國民黨軍一有任何動靜，就準備開槍攻擊國民黨軍的據點。等了一個晚上，都沒有任何動靜。雖然我們已一天一夜沒有休息，但在樹林裏等待時，卻又了無睡意。大家輪流守候著，只要一有狀況，便將展開行動。

這樣過了一夜，天將亮時，又有消息傳來，說國民黨的軍隊已經開進埔里。我立刻要其他同志留在珠仔山，我自己換了當地人穿的衣服，戴上斗笠，扮成農民的模樣，回到武德殿去打聽情況。

回到武德殿，果然看到國民黨軍已經佔領本部，裏面的物品四處亂丟，情況紊亂，而那參與戰鬥的公路局司機正被綁在樹幹上。我不解爲何這個司機不趁早逃離？懷疑這是廿一師的計謀。我認爲那名司機是誘餌，目的是要釣我們這些人上鉤，如果我們去救他，反而會被抓。我看情況，覺得大勢已去，於是又回到弟兄們駐守的村落。

我告訴他們，國民黨軍已經進佔埔里，古瑞雲副官和其他弟兄都不知去向，大勢已去，不是我們幾個人的力量就可挽回的。弟兄們也知道，烏牛欄戰役在雙方兵力懸殊的情況下激戰竟日，已使國民黨軍廿一師付出很大的傷亡代價。烏牛欄之役，我們抗暴軍是雖敗猶榮，因爲它象徵爲爭取自由堅持到底的台灣精神，意義不凡。而我們已經爲我們的鄉土盡了最大的力量，也對得起台灣的鄉親。

這時弟兄們的頭垂得低低，眼眶紅紅的，看了令人心酸，連我這剛過二十一歲，曾在南洋經過戰火洗禮，熬過殘酷中國集中營，自認鐵漢的人也不例外。這時我用軍令叫他們把頭抬起來，鼓起勇氣，我激勵他們，世間最完美的人，便是在生命的逆境中，能含笑以應的強者，一個人能在一切都顯得不利、無望時，不氣餒、不頹喪，這樣才能操勝利之券！最後說了一句口頭禪：「ガンバレ ！」「加油！」大家才笑了起來。

六、各自逃亡

我和弟兄們經過一番商議，決定離開珠仔山。我們脫下身上的軍服，換上便衣，把武器埋藏起來，當地村民也有如釋重負的感覺，因爲我們再留下去，萬一被國民黨軍發現，難免殃及無辜。村民也很樂意提供衣服和旅費供我們逃亡。

1947年3月17日傍晚，我們十多個人化整爲零，在當地人掩護下分組逃命，我留守到最後一刻才離開。

我被村民安排到一位姓王的農民家，王先生住在魚池鄉一處偏僻茶園的農舍。若走大路，到處有軍隊盤查，爲了避免不必要的困擾，只有走山裏的小路。快到魚池鄉時，馬路上有一座橋，旁邊有一間警察派出所，帶路的村民爲了安全，帶我們暫避離大路五十公尺處的一個草寮，等天黑才出發。沒想到這時又遇到古瑞雲，我們再談起撤退到埔里的得失，怪就怪台灣人不團結，除台奸之外，還有自稱二七部隊的領導人，竟在重要關頭置部屬生死於不顧。臨別時，古瑞雲分給我二百元，說是賣掉軍襪的錢，讓我做爲逃亡費用。我們互道珍重，唏噓一別，竟是半個世紀。

我們於深夜十二點到達溪邊的一間孤塊厝，是王先生一家人住的地方，非常簡陋。因爲沒有足夠的床位，我被安排與王先生的父親同一張床，還共用一條棉被，棉被沒有被單，只有棉絮，而且大概很久沒洗，本來白色的棉絮已變成黃黑色。但這對我這個已半睡半餓好幾天，精疲力盡的人來說，無關緊要，有一個地方睡就阿彌陀佛了。我倒頭就睡，不知睡了幾個鐘頭，一覺醒來，覺得皮膚癢癢的，全身已被跳蚤咬得體無完膚。

爲了安全起見，我白天就躲在屋後山上的竹林裏餵蚊子，夜裏才回到屋裏和王先生的父親睡在一起。因爲棉絮很多跳蚤，所以我經常在睡夢中醒來。王先生的父親卻不把跳蚤當一回事，睡得很熟，眞佩服他這種本事，人的忍耐功夫可能都是環境磨練出來的。

過了幾天，我偶爾會到外面打聽消息，順便帶一些舊報紙回來看，以了解狀況。報紙上的消息一再強調希望參加二二八事件的人出來自首，另外還發出懸賞，要民眾檢舉可疑人物，若是知情不報，便要受罰。在這種險境中，一不小心就會被外來政權的爪牙發現，時時刻刻都有被殺害的危險。我每天提心吊膽，這種痛苦的逃亡經歷，非親歷其境，無法體會。

大約過了一星期，當地的村、鄰長來要王先生去辦理五戶連保，我自己也覺得，若再待下去，萬一連累王先生很不好，於是決定離去。我把逃亡的決定告訴王先生後，王先生又出去爲我打聽情況。他說所有對外道路都有軍警盤查，只能從日月潭走水路。日月潭當時叫水社，從水社坐船，可以逃過一個關卡，再從水社往南走，可達水里。

我照他所說的方式，坐船再往水里走，果然沒有人盤查。到了水里，再搭車到二水。

自離開王家，我心情十分茫然，當時情況十分緊張，回台中的家十分冒險，萬一遭逮捕，可就凶多吉少了。而且我在南屯還得罪過派出所的主管，這次回去，他那有放過我的道理，我參加「二七部隊」，也有不少人知道，在家一定無法安全無事的。

只好走一步算一步了，到了二水，四處打聽有沒有人要僱臨時工。當時失業人口多，這樣的打聽並不會引起別人的懷疑。問了幾個地方，才打聽到濁水溪正在進行溪岸工程，要僱臨時工。我以前從沒做過什麼粗重的工作，更別說是水泥工了，但爲了躲避追捕，只好硬著頭皮到濁水溪溪岸工程處應徵。

躲避追捕

一、應徵水泥工人

我到了濁水溪，找到工頭應徵，果然有工作。工作條件是供仕佰，也供飯，但沒有供應下飯的菜。既然有地方可住，正合我的意思，而且又有工資可領，於是決定待下來做工。工寮是用茅草搭起來的，十分簡陋，連床都沒有，只鋪著稻草。當晚我就睡在工寮，跟別的工人共用棉被。

第一天因爲天色已暗，沒有工作，但有飯吃，我去買了罐頭下飯。我們就地坐在地上開飯，一大鍋飯剛抬出來，我只盛了一碗，還沒吃到一半，整鍋飯已被吃完了，工人吃飯之快，令我瞠目結舌，算是開了眼界。

到了半夜，我沒入睡，有一個工人指著遠處山路上的燈光對我說，那就是國民黨軍搜查民宅的提燈，由村長帶著國民黨軍，挨家挨戶搜。我聽了以後，百感交集，如果我還留在王家，難保不會被搜到。說這話的工人，並不知道我也是被搜索的對象之一。

第二天早上開工後，我的身分便受到懷疑了，不但工人，連工頭也是，他們看我工作的樣子，怎麼看都不像是個水泥工人。別人工作起來虎虎生風，我卻是笨手笨腳。第三天早上，工頭拿了一些錢給我，告訴我這個地方不是久留之地。因爲工寮也會被搜查。我拿了錢，向他道謝，便離開了工地。

既然沒辦法在那裏工作，再找其他工作的興致也都沒有了，心裡很矛盾，最好是回台中，但一回到台中，難保不被熟人認出來，不回台中，又沒有地方可去。左思右想，最後還是決定回台中，但回台中又不能大剌剌回去，只得在二水流連，傍晚時再從二水回台中。回到台中已是晚上七、八點。

二、返回台中

剛回台中，也不敢直接回家，我決定先到一個親戚家。這位親戚是我阿姨，住在梅枝町，也就是現在中華路與中山路轉角一帶的巷子裏。因爲怕遇見熟人，我先在別的地方逗留，直到晚上十點左右才悄悄進去。

那個時代，即使是在都市，人們也很早睡。我阿姨見到我，表情十分意外，也有幾分緊張，我想她大概知道我曾參加「二七部隊」。她一看到我進去，就帶我到屋裏的一個夾層，也像是「半樓」的地方，要爬樓梯上去。這個「半樓」，原來堆放著不少用來做柴火的木柴，台灣人稱爲「馬腳」，是燒黑的木頭，大約有二寸多粗。

我在阿姨家的「半樓」裏前後住了大約一個星期，白天都躲在半樓上，好在有書可以看，記得我看過賽珍珠的《大地》，還有一些雜誌、報紙，偶爾也練書法。白天我一個人在屋裏，就把門關起來，在屋裏活動。

過一星期後，突然有人來找我，我那時我正在「半樓」上，聽到外面有人在問我的事，於是我從「半樓」上下來，來人正是我在「二七部隊」擔任警備隊長時的傳令兵，現在已記不得名字。當時他只有十七歲，還在台北一家很有名的高中讀書，當時「二七部隊」有不少成員都是來自台北的青年學生，熱血感人，頗有年輕人不畏死的氣概。

我看到他時眞是嚇了一跳，因爲當時一片風聲鶴唳，每個人都逃得不見蹤影，避之唯恐不及，他竟然在這個時候出現，實在令我驚訝。我帶著幾分驚惶問他：「你怎麼知道我在這裡？」

我懷疑他是否已被國民黨吸收，到這裡來引我出洞。他說是蔡鐵城叫他來的。前面已經說過，我在《國民新報》工作時，認識了在《和平日報》當記者的蔡鐵城。我對蔡鐵城的印象很好，但他怎麼會在這個節骨眼派人找到我躲藏的地方，我有幾分懷疑。

我問學生兵，蔡鐵城在哪裡？他顯得有幾分遲疑，這更加深我的懷疑。當時我一直認爲，在那危險的時刻，蔡鐵城不可能派人來找我。傳令兵遲疑了一下說：「在竹山山裏靠近嘉義一帶，叫做半天山的地方。」

我聽都沒聽過半天山，這個學生講話的態度又有點吱吱唔唔，說不清楚的樣子。我要他把地址給我，準備自己前往。但他無奈地告訴我，他也不知道地址。他一直說著是蔡鐵城叫他來帶我去的。我打量他的神情，看他不像是國民黨派來引我上夠的樣子，於是就決定與他一起去見蔡鐵城。

三、半天山游擊隊

當時交通不發達，到半天山最近的路程是從台中坐車到二水，再從二水走到半天山。我們兩人搭火車到二水時，已經快中午了，出了車站就往竹山走。在竹山，已經可以發現國民黨軍在通往半天山的通道上盤查，我們避開這條主要通道，另外走小路，到了晚上，才在半山腰的地方看到一戶人家。

走了將近一天的路，又餓又累。我問傳令兵還有多遠，他說大約還要再走六個小時。他也說最好是休息一下，晚上走山路很不方便，等明天天亮再走。傳令兵認識這戶人家，大概曾借宿過。

這戶人家是製造蜂蜜的養蜂人家，主人很誠懇，招待我們吃晚餐。吃飯時，還提到半天山的游擊隊，我這時已完全相信學生兵的話是眞的。吃過晚飯，我十分疲憊，躺在床上就睡了。第二天天亮，我們吃過早飯，馬上往半天山出發。沿途經過的都是竹林，因爲已休息了一夜，又吃飽飯，精神特別好，走了四、五個小時，終於到達目的地。在半天山樟湖的游擊基地，看來也只是一片竹林，既稱爲「半天山」，也算是相當高了。

我們才剛到，就有一名持槍的年輕人出來擋駕，帶路的學生兵向他說明後，我們繼續往內走，又爬了一段山路。

「半天山游擊隊」大約共有五十名隊員，其中有四、五名女隊員，「司令」是眼科醫師陳篡地，蔡鐵城則擔任類似參謀主任的工作。跟「二七部隊」有點不同的是，學生人數較少，一般社會青年較多，我認識的只有蔡鐵城。

蔡鐵城看到我，顯得很高興，畢竟從台中到埔里，我們曾度過一段共患難的日子。他告訴我，「二七部隊」撤退出埔里以後，他就逃到這個地方來，與一些來自雲林、嘉義一帶的青年組成這支游擊隊，準備和國民黨軍週旋到底。他還介紹我認識游擊隊司令陳醫師，我對陳醫師所知有限，只知道他本人曾在斗六執業，在「二二八事件」中領導當地青年從事抗爭行動。後來游擊隊解散，我坐了二十四年黑牢出獄，一直想去看他，但總無法如願，後來聽說他以九十高齡去世。

我到牛天山時，已快中午。蔡鐵城告訴我，馬上要進行一場軍事審判，我覺得納悶，爲何會有什麼軍事審判？原來是他們逮捕到一名奸細。這奸細喬裝成一名郵差，來過牛天山幾次，每次都向隊員打聽游擊隊的情況，令隊員起疑，隨即逮捕。一查之下，發現他根本未攜帶信件，不是眞正的郵差。

我因爲好奇，於是進審判的屋子裏參觀。審判處好像是當地村民的集會所，相當寬敞，旁邊還有一間雜貨店。審判工作由一名副官主持。被審問的奸細起先否認有打聽軍情的行爲，經過對質，才承認自己不是郵差，又供出曾經向國民黨檢舉過不少參加「二二八事件」的同志，領了不少獎金，食髓知味才又上山來打聽軍情。

同志們原已十分不諒解他刺探軍情的行爲，現在又聽說他曾檢舉其他同志，更是覺得無可饒恕。不少參加會審的隊員主張予以處死，如不處死，萬一隊員又遭密報檢舉，將後患無窮。

審判最終結果是處死，這名奸細不斷求饒，但仍被拖出。大約過了二十幾分鐘，行刑的人回到屋內報告執行完畢，說是用利刃將這名奸細處決。

吃過午飯，我便和司令陳醫師到寢室談話。原來半天山游擊隊基地早在廿一師登陸台灣時就設置了。因爲當時大家都知道，要正式與廿一師對抗，根本是不可能的事，只有先行遁入山中打游擊，才有可能和國民黨軍一爭長短。蔡鐵城從埔里撤出後，即與陳醫師取得聯繫，投靠半天山游擊隊。他之所以會派人找我來，主要是隊員當中缺乏有實際作戰經驗的人，而他大概也知道我在烏牛欄溪力拒國民黨軍的經過，所以才想找我負責指揮作戰。

對於這項要求，我沒有推託，很乾脆就答應了。我們正在聊天時，山邊不遠的地方響起了槍聲。馬上有隊員跑來報告，發現國民黨軍從山腳出發向山上攻擊。我們立刻召集所有隊員，準備對策。蔡鐵城問我如何處理，我當時對整個半天山的形勢缺乏瞭解，也不知道游擊隊同志有多少火力，所以無法做出任何決定。不過我提議，一般游擊戰術大致上都是敵來我走，敵走我追，即使在海南島，當地的土著也是以這種戰術來對付日本軍隊，經常帶給日本軍隊相當大的威脅。如今廿一師與陳儀軍隊既已來了一百多人以上，而且火力強大，我隊只有先走避再說。

陳醫師及蔡鐵城認爲我的建議有道理，馬上吩咐所有游擊隊員分散到附近山丘的竹林內，各自尋找隱蔽的地點躲起來。不久，廿一師兵員抵達基地，人還沒上來，就已槍聲大作。他們上來後，又向我們上午集會的茅屋密集開槍，過一陣子，他們發現游擊隊已不見蹤影，於是動手搶劫旁邊的小雜貨舖，把店裏吃的、用的東西一掃而光。我至今仍有深刻印象，廿一師的兵員從店裏扛出了一部縫紉機，行徑實與搶匪無異。東西搶得差不多之後，又嚷成一團，哄散離去。

廿一師的部隊走了之後，我們從竹林裏回來。從剛才的行動來看，半天山游擊基地顯然已經暴露。如果繼續待在原來的地方，不知何時又要遭到襲擊。我和蔡鐵城都主張此地不宜久留，必須另尋他處設立基地。於是我們分成兩隊，陳醫師與他的副官一隊，我與蔡鐵城一隊，於黃昏時分手，彼此約好再聯絡的時間和地點。

我與蔡鐵城這一隊大約有二十人，由當地人擔任嚮導，找到一處可以做爲基地的地點。我不知道那個地方的地名，只記得地面上有很大的石片，地下不斷冒出熱氣，還呼呼作響，大家都覺得很奇特。

晚上我們就在那個不知名的地方過了一夜，因爲地底有熱氣往上冒，所以倒不覺得冷。第二天早上，眾人醒來後，蔡鐵城召集大家討論未來的動向。蔡鐵城認爲，以目前的情況，游擊隊要繼續維持下去似乎相當困難。我個人也認爲問題不少。

最後蔡鐵城表示，游擊隊需要生活經費，不如暫時解散，他願意再去募款，供作游擊隊的經費。眾人決定在原地解散，一星期後再回到原地聚集。商議既定，大家把武器藏好，就地解散。

游擊隊解散以後，我循著原路回到竹山，到二水再坐車回台中，暫在梅枝町的親戚家中居住，打算一個星期以後再回半天山。

在台中親戚家中，我成天躲在屋子裏，夜裏偶爾外出找朋友打聽消息。有一天我母親到親戚家看我，我說，我還要再回半天山，他們都不贊成。但即使不去半天山，我也不能在台中公開露面，萬一被捕，或有人檢舉，後果不堪設想，我到半天山打游擊，或許還能再熬一段日子，等風頭過了，再回家比較妥當。

況且，無論我再留親戚家，或者回南屯，隨時都有可能引禍上門，也許因此連累家人也不一定。所以我打算回半天山是不可改變的事實，母親也不再表示意見。

那時已快清明節了，母親要我打扮成祭拜祖墳的模樣，以防廿一師與陳儀軍隊的盤查。出發那天，我就照母親的話裝成掃墓的樣子，帶了些冥紙、香、燭之類的東西，照著原來的路線，又從台中坐車到二水，再從二水走到竹山。

因為我是提早一、兩天出發，行程不趕，於是先在竹山向人打聽一位我在海南島海軍鐵道部教過的見習生廖火旺。打聽了幾個地方，終於找到廖火旺。廖火旺比我年長十幾歲，到海南島前就已經結婚，廖太太十分親切地招呼我，至今仍難忘懷。

我和廖火旺談到二二八的過往，他提起一位同期的見習生黃木林。廿一師開入竹山時，黃木林在街上不及走避，被中國兵一槍打破肚皮，當場肚破腸流而死。而他本人因爲已三十幾歲，又有妻小，沒參加二二八，是可以理解的。

自「二七部隊」撤退以來，我四處躲藏，寢不安枕，食不知味，但在這位昔日戰友的家中，卻感到無比安全與溫馨。

第二天早上，吃過早飯後，我帶著廖妻爲我準備的飯團向牛天山出發，一路上我發現竹山還有廿一師的部隊。跟上回第一次到竹山，心中的滋味截然不同。第一次來時，對游擊隊還寄予幾分希望，而且又有那個學生兵同行，可以聊聊天。這次再來，自己孤單一人，對游擊隊同志是否會依約回來，心中感到懷疑。而且就算大家都回來了，情況是否會有改善，也是問題。

一路上百感交集，快到黃昏時，我又來到上次借宿過的養蜂人家。但上次招待我的主人不在家，他的家人一看是我，臉上都浮現緊張恐懼的神情，不敢跟我多說話，我自己一個人在那裏等候主人回來，心中很不是味道。

一直等到半夜，主人才回來，他一看是我，緊急把我帶到房間裏，從桌上拿起一張傳單給我看。傳單上寫得很清楚，牛天山一帶有「叛徒」，檢舉的人有重賞，如果知情不報，與叛徒同罪。主人還告訴我，廿一師已經收買了當地的高山族同胞擔任搜索的工作，如果我再貿然前進，可能凶多吉少。他的言外之意十分明顯，只是沒有直接講出來，對於我前往作客，顯然有幾分畏怯，怕有無妄之災。

我聽了這番話，心中十分憤慨，一方面感嘆高山族同胞不明事理，這麼容易就被廿一師收買。但對於坐在我面前的主人，仍心存感激，因爲他大可不必告訴我這些，逕可直接去告密，發一筆財。

因爲十分疲倦，我倒頭就睡，一覺睡到第二天清晨，醒來後又吃了一頓別具山村風味的早餐，然後又向當天約好的地方出發。大約早上八、九點鐘時，我到達了約定地點，獨自一人在那裡等著，直到午後二時，仍然不見人影。隨著時間消逝，我心裡愈感失望，最後我離開了。

四、回到老家

離開半天山後，我直接到二水，再從二水回到台中，時已半夜，我突然很想回到南屯自己的家。一則，若再藏身，不但危險性增高，也會帶給親戚許多壓力，而且不管怎麼說，他們終究只是我的親戚而已，叨擾太久也不好。再則，我南屯的老家自「二二八事件」結束後，已經被搜查過許多次，應該已不那麼危險，何況那畢竟是自己的家，住著也比較習慣。

到了台中車站，我徒步走回南屯家中，足足走了一個多小時。我不敢從正路走，先到西屯，再從西屯走路回南屯，回到家裏已是午夜將近一點鐘。

南屯的老宅是一棟座落田中的三合院，來往的人不多，只要夜裏回去時不被發現，再被發現的機會不大。出來開門的是我的叔父，他一看到我，滿臉驚惶地說，前兩天才有人來搜查過。我說沒關係，心想如果再來搜查，就聽天由命了。

跟在梅枝町的親戚家裏一樣，我還是躲在自家的半樓裏，鋪起草席當床鋪。這個半樓像是儲藏室，放著一些平時用不著的東西，例如大支的紙傘、大頂的草笠等等。

在家那一段時間，相當緊張，一聽到犬吠的聲音，神經就自然繃緊。有時要下來小便，還要派人在屋外放哨，以防陌生人碰見。當時別說是陌生人，即使是親戚，我也都盡量不讓人知道，以免無意中走漏消息。

因為無法外出，我只得躲在半樓上看書，那時看的小說有魯迅的《阿Q正傳》、夏目漱石的《少爺》。夏目的書給我很深刻的印象。《少爺》裏的主角將學校所學及發諸本性的耿直個性表露在日常生活中，結果吃了大虧。印證我自己躲躲閃閃的生活將近一個月來，固然得到了一些人情的溫馨，但也有一些同胞為了小許利益出賣了他人，不禁感嘆再三。但不可否認的，大部分同胞還是可愛的，見利忘義的人畢竟是少數。

五、遁入工廠做工

我在家裡待了半個月後，碰巧有一個親戚的朋友在市區（現在五權路與光復路交叉口一帶）開設輪胎工廠，有工作機會。我心想，整天躲在家裏也不是辦法，如果市區裏有工作，不妨去試試。那時人口較少，市區與屯區之間，儼然是兩個不同的世界，認識的人也比較少，未必就那麼倒楣碰上熟人。

我打定主意後，到工廠與親戚接洽，爲了避免被人識穿，還冒用我弟弟的名字前往。天下就是有這麼巧的事，工廠老闆聽到我報出弟弟的名字，竟盯著我不放，讓我有點緊張。他說眞的是你哦？我故作篤定地說是啊！他搖頭想了想說：「奇怪，十多年不見，你眞的變了那麼多？」我則是若無其事地說：「你都沒變啊！」接著他談起與我弟弟有關的人和事，因爲這些人事我都很熟，他才漸漸不再懷疑。

工廠的工作非常吃重，工時既長，空氣又差，工資也很低，但爲了安全起見，我只好忍耐了。那段期間一直未發生任何意外，生活雖苦，但很單純。附近空軍營區的中國兵偶爾會過來聊天，大約是對工廠裡的女工有了興趣，我也認識了其中幾個汕頭人，他們也是說閩南話，腔調跟台語有些不同，不仔細聽，倒也分辨不出來。

沒想到認識這幾個軍人，在後來的一次封鎖中發生了作用，免於被捕。那陣子，蔣軍經常實施封鎖，進行身分檢查，沒有證明文件的人都要送軍警單位查明，抓了一些涉及「二二八事件」的人。

在工廠的那段期間，我有時會在晚上外出訪友，主要是想打聽一些消息，或找找看有沒有更安全的地方可以躲藏。有一天晚上正準備回工廠時，卻在工廠附近遭到封鎖檢查，馬路上有士兵持槍在路中攔人，逐一檢查行人的身分證，如果沒身分證，當場帶回詢問。我看這個場面，不由得緊張，直怪自己太大意了。

正在我不知如何是好時，突然發現在路旁協助封鎖的兵士中有熟人，這個空軍士兵也認得我，於是我故作輕鬆上前與他閒聊。他一看我走上前，也向我示好，要我從他身邊的巷子走，省得再等候核查，我樂意遵命，就順著他所指的方向走開，果然走出封鎖線，大大鬆了一口氣。

我在那家工廠呆了幾個月，有一天晚上從一位朋友那兒獲知一項消息，前日本海軍前輩吳振武正在左營招募海軍陸戰隊員，於是決定前往投靠。

南投埔里二二八事件
烏牛欄戰役紀念碑

加入中國海軍

一、戰後中國海軍吸收台籍兵員

時代與環境的捉弄，經常是人生一種莫名的嘲諷。我之成為中國海軍的一員，特別給我這樣的感受。

從整個大時代的環境來說，當時台灣的社會秩序仍處於紊亂的狀態，廿一師正忙著搜捕「二二八事件」參與者，被逮捕、下獄、槍決的台灣同胞，不知凡幾。而海峽對岸，國共內戰正打得火熱，原來中國的海軍並不健全，無法操作從日本接收來的軍艦，所以要大量吸收曾在日本海軍服役的台灣人，此外，剛籌備成立的中國海軍陸戰隊也亟需吸收兵員。

最可笑的是，在「二二八事件」中領導台灣人對抗陳儀和廿一師作戰的，大多是從日軍退役的台灣人。「二二八事件」結束後，這些台灣人原日本兵又有很多人遁入中國海軍。謝雪紅逃出埔里之後，搭乘光明砲艦逃到中國大陸，就是透過台籍「中國海軍」軍官安排的。我去左營時，曾與安排謝雪紅逃走的蔡懋堂相處過一段很長的時間，但一直不知道當初就是他安排謝雪紅逃走的。他後來被判刑十二年，我到獄中服刑時，他才向我提及這段戲劇性的往事。

曾任日本帝國海軍中尉的吳振武，在「二二八事件」中，是各派人士極力爭取的領導人才，如二二八處理委員會的地方仕紳，及主張以武力抗暴的謝雪紅。後來他因爲捲入謀殺謝雪紅的事件，不知去向，據說當時他曾被擊傷腿部。他出現在中國海軍陸戰隊時，職階已是少校。吳振武原來在日本海軍時，和我一樣隸屬於陸戰隊，階級是中尉。那時能擔任日本海軍中尉，十分不容易。現在他又搖身一變爲中國海軍陸戰隊的少校，令我有眼花撩亂之感。

日本戰敗後，吳振武曾在台中師範學校擔任體育教師，當時海軍總司令曾派人聘他加入日本海軍協助建立陸戰隊，但爲吳振武所拒，他後來加入「中國海軍」，與他捲入「二二八事件」有關，關於他的是非功過，很具有研究的價値，亟待更進一步了解。

二、加入中國海軍陸戰隊

我從朋友處得知吳振武正在招募中國海軍陸戰隊後，馬上就向工廠請假，與一名黃姓的親戚一同前往，他也有意加入海軍。因爲最危險的地方就是最安全的地方，逃亡時連吃飯都成問題，還有隨時被逮的危險，所以我最安全之計，就是改個名字進到軍隊裡。

我們坐火車南下到左營，到了左營海軍軍區，沒有找到吳振武，只見到他的副官。我們拿了報名表格，又問問中國海軍狀況，就回到台中工廠，表格塡好後再寄回左營。過沒幾天，吳振武專程到台中來約我面晤，他說中國海軍陸戰隊正在招募兵員，極需有經驗的人參加，他還考我一些武器的使用方法，因爲我曾經使用過，回答起來很順利，他也知道我是日本橫須賀海兵團畢業的，可以勝任陸戰隊幹部的職務。

談完，吳振武覺得有幾分滿意，要我們再等一個星期，接到通知後就到左營報到。一星期後，我接到通知，於是辭去工廠的工作，帶著公文南下左營報到。

我決定加入中國海軍，主要是不用再過著朝不保夕、驚惶終日的生活，但到了左營才發現，去那裏報到的人，年紀大約都與我相仿，過去也在日本海軍服役過，其中也有不少人參加過「二二八」，彼此的想法相當接近，談起話來十分投機。

中國海軍與日本海軍的生活有很大的不同。日本海軍的三餐都由軍部供應，十分營養豐富，而中國海軍只發膳費，自己負責伙食，只好委人代膳。

我在左營軍區前後待了大約三個月，主要活動是上課、運動、操練、口令練習、學習北京話等，其中學習北京話尤其重要。我從小就學習日本外來政權的日本話和日本文化，想不到才剛上軌道，日本就戰敗，我又要從頭學習另一個外來政權的語言和文化，這似乎是生爲台灣人的宿命。

我們整隊大約五十多人，起初附近民眾對我們很好奇，因爲左營軍區原來就是日本海軍基地，二次大戰結束後，被國民黨軍隊接收，但國民黨軍隊的軍紀、軍容都很差，這時突然來了我們這批說台語的「新幹部」，年輕有朝氣，令人一新耳目。我們有時休閒外出，常聽到附近民眾提起，知道他們對國民黨軍隊全無好感。

當時吳振武的職務相當於陸戰大隊的參謀長，大隊長楊厚才少將駐福州馬尾，在台灣招訓幹部的一切事務，全委由吳振武負責。

三、回家探親

我在左營海軍第三基地的台灣海軍陸戰隊招募處受訓兩個月後，帶著被文書人員錯寫成黃訓島的軍人身分證明，放假回到故鄉南屯。剛踏入厝內，嬸婆一眼看到我，又驚又喜，把我拉到她老人家的房間，告訴我二二八後的變化，她說國民黨正採取以台制台的政策，鄉下一些見利忘義的台灣人都倒向外來政權，做國民黨的走狗，例如我們鄰家的陳萬安兄弟，還有叔公的養子黃泉源的妻弟張清海，都做了特務機關的爪牙！嬸婆叮嚀我，如果遇到這些人，講話要小心！

還有頂厝我同學的大兄簡慶章，當二二八事件發生，台灣全島有正義感的學生都響應抗暴，但台中農校的合監簡慶章不但阻止學生參加抗暴行動，還命令學生集體下田插秧(因為中國人貪污，學校經費發不出，要靠茹田的收成來開支)，省府因此表揚簡慶章，簡家也風風光光點燈結彩迎接省府的阿山官員。

眞是幾家歡樂幾家愁；但想想我己身目前的處境，也只能以「遙擺沒有落魄久」的話語來安慰嬸嬸她老人家。果然好景不常，簡慶章有功受獎不到二年，就被他祖國的阿山上司以思想有問題予以免職了。

回家第二天，我從南屯到台中市內訪問一位日本時代要好的林姓老同學，他告訴我一件令人驚訝的事：當二二八事件剛發生時，有一些地方的惡霸流氓出來佔領警察機關，搶了槍枝和物品。想不到這些地方老百姓最討厭的惡霸流氓現在都被國民黨收買，居然做了台中市警察局的刑事大人了！

林同學還告訴我一件最新消息：好心掩護中國人的張金池被恩將仇報，幾天前被槍斃了！

張金池，台中市北屯賴厝部人，戰後進入北屯的中國空軍醫院當雜工，當二二八事件發生，張金池和幾個台灣雜工及時掩護院長到張金池家保護，每餐都用最豐富的酒菜來奉養。當三月十三日蔣軍二十一師侵入台中市，追究起這位院長棄醫院病患於不顧的失職責任時，這中國院長爲顧全官位，竟昧著良

左起：黃金島先生、吳振武先生、楊子榮先生

心說：他沒有逃避責任，而是被張金池等幾個台灣雜工綁架了。

也許張金池等人沒有讀過「事與願違」這幾個字吧！他們作夢也不會想到，他們一片對中國人的同情心，現在竟換來殺身之禍。當天深夜來了幾個憲兵和特務人員，敲門後就把他抓走了！

不久張金池被判死刑，其他幾個台灣雜工也判了重刑。當張金池被押赴刑場正遊街示眾的消息傳來，張金池的老母親還半信半疑，總認爲兒子二二八時保護祖國的院長有功，怎麼會被判死刑？但當她看到兒子果眞五花大綁，正被幾個祖國的武裝兵仔押著遊街示眾的背影時，才一路哭著追趕，要看她心愛的孩子最後一面，想不到剛趕到邱厝埔墳地(現在台中市中正公園)，張金池已被祖國的武裝兵仔槍斃倒在血泊中。依照國民黨殺雞儆猴的計策，張金池的死屍要曝曬三天才能讓家屬領回。

林同學講到這裡，連連搖頭苦笑。唉，單純戇直的台灣人對上忘恩背義的中國人，我們也只能同聲一嘆了。

四、被抓到憲兵隊看守所

我從林同學家出來不久，就在路上被台中市警察局的三位便衣人員押到警察局，我問他們憑什麼押我到這裡來？其中一位便衣人員說：「有人密告你曾經參加過二二八。」我出言理論，其中一個警察說我狡辯，正要修理我，我及時拿出軍人身分證，他們才打電話請憲兵把我押到台中憲兵分隊看守所。很巧，裏面有一位憲兵知道我的同事楊子榮(吳振武的副官)住在繼光街，經通知後不久，楊子榮來看我，我把經過情形說了一遍，他告訴我暫且忍耐，他會搭夜快車趕回左營向處長報告，只有用公文才能把我從憲兵隊保回。

我在台中憲兵分隊看守所待了一星期，有一個年輕的憲兵中尉來做筆錄：

「警察局的公文說你參加二二八，有沒有？你知道謝雪紅藏在那裡？你老實告訴我，馬上就可以回家！」

我一概答以不知道、不認識、不曉得。而且告訴他，可以去各機關查我有沒有參加二二八。這位憲兵中尉把例行公式筆錄寫完後，沒再問什麼。

一個半月後，我又被押到干城憲兵本部看守所。遇到了一位穿軍服的阿兵哥，一問才知也是台灣人，這位仁兄原來在草屯機場服務，是負責看管倉庫的技工，他被關的罪名是偷賣倉庫裏的日本軍襪。我問他有沒有將賣襪子的錢分給阿山上司？他說沒有！我說問題就出在這裏。這位仁兄很不服氣地說，來台灣接收日本飛機的中國官員偷賣兩架日本戰鬥機都沒事。我說，怪就怪我們台灣人太單純了，不懂中國紅包文化的奧妙。不久這位仁兄的家人找到有力人士，花錢消災，被釋放了。

又一個星期後，我被押到偵審室，一個老憲兵上尉來問話，他說話很沒有修養，像土匪一樣兇巴巴的：「警察局說你參加二二八暴動，你不老實講。」

他將所有嚇唬人的招數都用上了，但我還是不承認參加二二八。他氣呼呼地一邊喝茶一邊說：「我問你那麼多，你只給我三句不知道！」這時我只心想：海軍陸戰隊要保我的公文應該到了。

這次偵訊磨了大概一個上午，問不出個所以然來，最後我理直氣壯地說：「上次偵審時，我已向你們提議，用公文照會各治安機關，看看海軍陸戰隊幹部黃訓島有沒有參加二二八，如今也快兩個月了，你們應該都知道了！請問，海軍陸戰隊幹部黃訓島有沒有參加二二八被通緝？」

老憲兵上尉一直不吭聲。

一個半月後，我被兩位憲兵押回左營海軍第三基地。此時陸戰隊正準備回到福州馬尾本部接收日本海軍留下的武器。

五、隨軍前往廈門

我們搭乘軍艦赴廈門的日子，現在已經記不起了。只記得是冬天，船要從左營出發時，不少陸戰隊的親人，包括在左營認識的年輕貌美的小姐，都到碼頭相送，場面頗爲熱烈。有人還把親人和女朋友帶到船上參觀LST登陸艇。

船隻開出高雄，快到澎湖時，海水顏色愈來愈深，隊友們群集在甲板上望著大海，許多隊友原是日本海軍，有不少日本老戰友在海上罹難，這次出海，勾起了回憶，有些隊友把親友送的鮮花丟到海裏，合唱起日本海軍哀悼陣亡軍士歌，祈禱海上亡魂早日安息。軍艦上的中國船員看到這種場面，覺得莫名其妙。

船在海上駛著，穿著大棉襖的隊友們在甲板上談天，吃著從日本軍接收過來的牛肉乾。第二天中午，船開抵目的地廈門。到廈門之前，我們先到鼓浪嶼觀賞風景，那裏景色優美，從這一帶到廈門海域，海面平靜無波，過去日軍就常用來當作水上飛機場。

到了廈門，我們到廈門公園參觀，外表看來相當堂皇的公園，裏面卻是又髒又亂，而且很狹窄。我記得孩提時曾在照像館見過廈門公園的風景照，十分漂亮，沒想到實際景象卻不一樣。登上大陸的第一個印象竟是如此惡劣，這是當初想也想不到的。

我們也到廈門大學參觀，這裡的學生大部分是華僑子弟，知道我們來自台灣，就問起「二二八事件」，可見這個事件當時引起海內外的注意。我們照實回答，表示這完全是陳儀軍隊暴虐無道所致。大學生們表示同感，他們人在大陸，更可看清國民黨的腐敗不堪。

廈門街道乏善可陳，市區有一些漂亮的三層樓房，但後面都是貧民區，破陋不堪。

六、福州見聞

離開廈門，船再往閩江開，閩江的風景十分幽美，山水相連。我們大約在晚間到馬尾停船，還沒上岸，就聽到槍戰的聲音，據說是土匪進攻馬尾，馬尾駐軍有限，情況危殆，我們船一到，國軍就放出風聲說援軍已到，土共聽說是援兵，立刻退兵而去。我們等到槍戰結束才上岸。

一上岸，當地駐軍要我們繞著馬尾市區跑幾遍，藉以顯示軍力，爲駐軍助威，跑完街道才回到海軍陸戰隊本部，本部正好在馬尾街尾，海軍造船所對面，外面有塊牌子寫著「海軍練營」。造船所在對日抗戰時被日軍轟得體無完膚，已無法造船，只剩下兩支煙囪。當晚，我們住在營房。

第二天早上，我們把船上的武器搬到山上的海軍陸戰隊「大隊部」，參謀長吳振武就在裡面辦公，另外還有會議室和吳振武的宿舍。

光是整理武器和裝備，就耗去將近一星期的時間。整理工作結束，吳振武宣佈大隊長楊厚才少將要辦會歡迎台灣來的幹部。楊少將住在馬尾街上，我們到馬尾的第二天就曾去拜訪過他，還照他先前交代的，送他一部腳踏車。（街上見不到民用汽車，到福州大都坐船，大陸的落後，由此可見一斑。）另外，我們還送楊少將一些鳳梨和香蕉，他顯得十分高興，向我們表示感謝，連說「你們辛苦了」。

也許是這個原因，他決定在一星期後設宴招待我們。那天晚宴菜色豐盛，餐宴前，楊少將開始演講，他說話的聲音十分宏亮，還提到台灣發生的「二二八事件」：「二二八事件是哥哥打弟弟，弟弟打哥哥，實在令人十分痛心。」還說這件事完全是各種誤會所造成，希望今後彼此和睦相處，也希望台灣同胞把過去在日本海軍學到的優點，爲祖國貢獻。

聽到他提起「二二八事件」，我們這些人眞是哭笑不得。因爲陸戰隊兵員就有不少人參加過「二二八」，我自己還逃亡過一段時間，如今聽到這些話，別有一番滋味在心頭。

又過了兩三天，開始幹部編組，有人到軍士隊當教官，有人到工兵組，有人到通訊組，我則自告奮勇到運輸隊。我做這個決定，是因爲一來我會開車，二來工作輕鬆，另外，還聽說運輸隊收入較豐。當時中國大陸流行一句笑話形容運輸隊的好處：「馬達一響，黃金萬兩；馬達一停，鈔票點名。」這笑話可以看出大陸交通的落後，交通工具不足，難怪開車的司機收入特別好，經常有外快。

編組結束沒幾天，新兵陸續報到，新來的成員多是北方人，其中不少是強拉來的，一有機會就溜掉。在大陸，當兵開小差遭槍斃是常有的事。在練營裏，就曾發生過一名新兵開小差的事，被抓回來的新兵本來要槍斃，但台灣來的幹部反對，只處罰由眾人打嘴巴了事。

當兵開小差，過去在日本軍隊是絕無僅有的事，很少發生，我看到中國軍人喜歡開小差，覺得很新鮮。開小差的原因，當然是軍隊的待遇不好，如我們剛到時，一天只吃兩餐，經眾人提出抗議，才勉強改爲三餐。

在海軍練營期間，我們有空也外出遊玩，我至今難忘兩件事。

第一件是在當地一間天主教堂看到的，這間教堂由法國人主持，還有孤兒院，裡面都是法國修女，有的老修女能說通順的福州話，而孤兒院裏，清一色是女生。

這與福州的民風有關，福州人一向以精打細算著稱，生了女兒，怎麼算都賠錢，所以女兒生下來，除非經濟情況特別好，否則都予以遺棄，這些棄嬰大多被送到孤兒院，因此孤兒院清一色都是女生。這些女孩長大後，大都嫁給船上人家，在船上度過一生。

另外一件事印象更深刻，就是在比較偏僻的地方，常常看到整具的棺材，裏面當然是裝著死人。有一次在孤兒院附近看到一間大瓦屋，裏面全是棺木，我覺得很詫異，就問看房子的人爲什麼有那麼多棺木，他回答說，裏面的死者都是外地來的，死了沒有下葬，暫時停棺在這裡，一排一排停著，看起來十分嚇人。

福州印象讓我對福州人十分反感。有一次因爲腳骨受傷，到接骨院治療，在裡面碰到一名女子，她穿的是福州衫，說的卻是台語，一經詳問，才知道她是在台灣嫁給一個福州去的上尉。若在日治時代，上尉軍官是何等神氣，錯就錯在這個女子不知中國上尉軍官要比日本軍官下流多了，她跟著丈夫來到福州，才知道對方原來已有妻室，但這時她又已懷有身孕，結果生了個女孩子，小孩被送到孤兒院，她自己則被質賣到接骨院當乳母。這福州軍官娶妻生女不養，又把小老婆質押到接骨院當乳母賺錢，人家常說猶太人死要錢，跟中國的福州人比起來，是望塵莫及了。

另外一項福州經驗也十分有趣，值得一提。在海軍練營時，有聯勤的上校來點名，當時軍隊吃空缺的歪風盛行，所以經常要來點名，點完名，我開車送他們回原單位，但是到目的地後，車子壞了，要兩、三天才修得好，當夜不得已就住在旅館。那時我聽說南台橋是有名的古蹟，於是趁著空檔前去參觀。果然是古色古香的古橋，用大石塊砌起來，相當壯觀。我正在欣賞景色時，忽然聽見有人打招呼：「先生，卡溜，卡溜。」我不明就裏，上了船，才知道「卡溜」就是「開查某」的意思。「卡溜」的字義，應是「來玩」。

後來我回台灣，有一次在朋友的晚宴上遇到一位福州人，大概是在公家機關當官，說起話來很神氣，用半福州、半台語的話發表演說。他先自讚自誇福州的固有文化是如何如何偉大，民風又如何如何淳樸，不像台灣那麼低劣，台灣女人又是如何如何地賤，到處都有賣春的。我聽了，首先附和他的話，證實福州確實有文化，像南台橋，他一聽，笑得很開心。接著我一本正經地說：

「福州還有更難得更好的東西哩！」

他用福州腔台語問我：「眞的？」以爲我又要稱讚福州如何如何了。

我用福州話說：「先生，卡溜，卡溜。」

他一聽到這句道地的福州話，表情突然變得很奇怪，像哭又像笑，其他人不明就裏，還追問著，我才打趣著向在場的人解釋這福州固有的特殊文化，眾人笑成一團，這福州佬才老實不再吭聲。

福州人的差勁，中國人官場的腐敗，還不只此一端。

在馬尾練營旁有一所高等航空學校，我在學校裏認識一名還住在校內的應屆畢業生。他是廈門人，因爲言語可通，所以聊起天來，最後他託我回台灣替他找工作。他說台灣工業比較發達，工廠也比較多，他可學以致用。我問他學的是什麼，他拿出課本給我看，竟是1914年的書。我就告訴他，他讀的東西已經落伍了，要找工作恐怕不易。他很失望。

沒想到後來我回台灣，在火車上又遇到他，他西裝革履，神采飛揚，已不是當年的吳下阿蒙。他掏出名片給我，我一看頭銜，竟然是「台灣工礦公司副工程師」，我眞是嚇一跳，就問他眞的有當副工程師的本事嗎？沒想到他回答我，因爲他親戚有辦法，所以把他弄到這家公司來當副工程師，至於有沒有本事，他的回答更妙：

「工作很輕鬆，只負責蓋章。」

中國官場腐敗至此，難怪會有這種只會蓋章的副工程師。

從廈門到福州，我大部分時間都在馬尾，前後大約一年，這是我第一次，也是到現在爲止最後一次的中國經驗。這一年左右的中國經驗，憑心而論，好的是風景幽美，至於人與事，那就壞的居多了。

七、返回台灣

第二年冬天，我奉隊部命令返回台灣接收車輛，結束了爲期一年的中國生活。當時大陸情況相當紊亂，國民黨軍隊節節敗退。我雖因公回台，卻必須自己接洽回台船隻。當時與我同行的，還有同隊另兩個人，他們和我一樣，來自台灣。

離台一年，能夠有機會回到台灣，感到非常高興。我們洽妥船隻後，在約定的日子從馬尾搭乘小船到閩江中央，再搭船回台。當初我們從台灣到大陸，乘的是軍艦，前後只花了一天半左右，可是這回回台灣，搭乘的是老爺船，足足坐了將近四天。

我們搭乘的老爺船是省政府所有，本應進廠大修，但是因爲省府下令還要再載一趟福州杉回台，所以未進廠保養。當時我們三人歸心似箭，顧不得是不是老爺船，一到開船那天，才發現這條船前進的速度特別慢，一小時才三海浬，但也無可奈何了。

在台灣海峽上，我們眞是度日如年。但急也無用，船隻依然是緩慢前進。在船上，我回想這一年來在海軍陸戰隊的生活，雖然不盡人意，但比起以前躲躲閃閃的逃亡生活，要好了許多，而且我還稱心愉快地參觀了馬尾附近的幾個風景區，也不虛此行了。

這次回台，我知道台灣的緊張情況已不復存在，「二二八事件」的罪魁禍首行政長官陳儀已獲蔣介石提拔，擔任浙江省主席。陳儀未走之前，白崇禧已到台灣，下令不得再追究「二二八事件」，但陳儀仍繼續逮捕並處死不少「二二八事件」涉嫌者，直到他離開台灣，由魏道明接任台灣省主席，情況才有改善。魏道明終究是文人，對「二二八事件」採取較爲寬鬆的態度。

國民黨對「二二八」的態度既已改變，我目前又服役海軍，心想再也不可能因此被捕了。但命運弄人，我回到台灣後，只過了兩年太平日子。這是我從大陸回台灣之初始料未及的。

我們坐了四天的船，終於回到左營向海軍單位報到，然後各自回家等候任務通知。

重回到台中南屯的家，我已不須提心吊膽了。我這次回來的身分是中國海軍，而且又是從大陸回來，左鄰右舍很多人都感到不解。回家沒多久，就是農曆春節，因爲沒有心理壓力，這次的春節過得特別愉快，這段期間，我偶爾也幫忙家中的農事。

過完春節不久，海軍單位通知我到台北圓山接收車輛。台北圓山的這個單位，過去是日本海軍的施設部，負責海軍及有關單位的各種建設工作。我們到了辦理接收的單位，負責與我們接洽的是一名外省上尉課長。當時在台灣負責接收的人員都相當「肥」，這名上尉課長也不例外，不但撈了不少錢，還娶了一名台灣女子當小老婆。當時接收之所以「肥」，就是盜賣接收物品，十分可觀，收入驚人，我們也聽說這個上尉課長賣了不少車子和零件。

我們在圓山的接收單位營區住了一個星期，有一件新鮮事至今仍印象深刻。

大約是我們到圓山的第二天上午，我正要出營時，發現有五、六個農夫正在跟衛兵爭吵。我上前聽他們說明，才知道營區後面有一農村，村裡有人正在辦結婚喜宴，這五、六個農夫挑著喜宴餐物，如雞、鴨、魚、肉、菜、酒等往營區裏走，因爲營區有小路可以走向村子，距離較近。但是當他們走進營區後，才發現小路已被堵塞不通，要折回走出營區，衛兵卻不讓他們出去。

我問衛兵：「爲什麼不准外出？」

「要條子。」衛兵說。

農夫們很是不滿，爲何進來不用條子，出去卻要條子？我向衛兵交涉，既然是剛才進來的，應當可以外出，可是衛兵堅持要有條子才肯放行。我看衛兵顯然是故意刁難，已準備扣留東西，我只好去向上尉課長交涉，好說歹說，他才拿出條子，准予放行。

農夫走出營區以後，破口大罵，因爲在日據時代，只要是前往後面的村子，都通行無阻，根本不用條子。但現在不但無法穿越，還差點出不來，難怪他們一肚子火。

八、離開海軍

我們洽妥接收工作，又各自回家等候通知，準備在適當時機把車子送到大陸。但回家不久，又接到通知，說是不用到大陸了，因爲大陸的局勢已經逆轉。既然如此，我也樂得待在家中，後來我決定不再回原單位報到，準備另外再找工作。

幾經接洽，我在當時新創刊的《新台日報》接辦台中分社的業務。到《新台日報》後，聽得一些朋友說，蔡鐵城就在《民聲日報》編輯部工作。

當天晚上，我到《民聲日報》找蔡鐵城，蔡鐵城看到我，既高興又緊張。高興的是當年「二七部隊」的戰友如今還能再見面；緊張的是，萬一又引來不必要的注意，可能會有危險。蔡鐵城要我等他下班後一起去吃宵夜，喝了點酒。我問他當初大家約好再回到牛天山，爲何卻沒有人回去？他回答，他離開牛天山後，第二天就被逮捕，先送到軍法處，再送到司法單位審判，後來才被釋放出來。我們又談到當前的局勢，蔡鐵城對當時的局勢很擔心，要我多謹愼，以免惹來不必要的麻煩，何況我們都有二二八的「前科」。

他的話很有先知性。1952年，我因與古瑞明認識，無端被捲入「八仙山武裝基地案」，古瑞明遭槍決，我被判無期徒刑，坐了二十四年監牢。蔡鐵城也受「大甲案」株連，移軍法處審判，我在軍法處還遇見過他，我那時被囚在第一區，他在第二區，有一天正好洗完澡出來，第二區他是第一個進來，在那裏見了最後的一面，以後就再也沒有見到他。

蔡鐵城相貌堂堂，是英俊瀟灑的熱血男兒，懷著知識份子應有的熱情與理想，有過人的行動力，終於爲鄉土、爲人民，犧牲了他的生命。「二七部隊」諸人，古瑞雲、蔡鐵城都是我很尊重的人。

局勢緊張起來後，《新台日報》因爲言論之故遭到查封，我又失去了工作。巧的是，有一天我在開汽車修理廠的朋友家中閒坐，剛好有裝甲部隊的人來修車，這單位的連長是海南島人，與修車的朋友有些言語不通，我因爲會說一些海南島土話，就臨時充當他們的翻譯，這位連長很高興，邀我到他的部隊去工作。

那時台灣已發佈戒嚴，白色恐怖逐漸在各地瀰漫，再進入軍中避難，不失爲一個好辦法，我於是決定前往。我到裝甲單位後，部隊正準備移往海南島作戰，我沒興趣前往，於是這位連長又介紹我到裝甲兵學校工作。如果不是被前述案子牽連，也許我可能一直在裝甲兵學校服務。

到了裝甲兵學校沒多久，古瑞明、陳光雲二人被捕，我也被株連，審訊了一個星期後，我被釋放，回到原單位工作。但這時經常有人跟蹤我。我那時還不知警覺，仍認爲古瑞明的案子與我無關。

正巧那時有個向裝甲兵學校收購餿水的台灣人來找我，說廚房的伙夫要他送香菸打點一下，否則將百般刁難。爲了這貧苦農民的拜託，我去和這位伙夫班長交涉，我說台灣農民這麼辛苦耕種，我們才有這麼好的白米可以吃，農民給你們買餿水，爲什麼還要爲難他們？

他回答我說，他不是吃老百姓的，是他們的蔣總統給的。

我聽了，火冒三丈，罵他：「你們蔣總統可有從大陸帶米來給你們吃嗎？在台灣，不是台灣老百姓給你吃的嗎？」

這時政工人員也來了，說著好話，大事化小。後來大概是這名伙夫把我的話添油加醋告訴了政工人員。

那時裝甲兵學校在西屯，有一次學校的裝甲車衝到人家店裏，撞傷了一名孕婦，孕婦的家人請我向學校要求賠償。學校的政工人員很不高興，竟然要我通知那家店的主人搬離，我又跟他理論一番。

我不知道這兩件事與我後來被捕是否有關。

第三部

國民黨黑牢二十四載

被捕入獄

一、魔神來了

1951年，我在一次出差時巧遇古瑞明[1]，兩人聊起來，他才知道我躲在裝甲兵學校。後來他出事被抓，抖出了我的行蹤。

我的判決書上寫說我意圖以武裝顛覆政府，因政府「寬待」才改判無期徒刑，完全沒有這回事，這一切都是捏造出來的。至於高金郎先生在《泰源風雲》一書中，說我和陳光雲是搭三輪車到基隆碼頭打算偷渡時被抓，這並不是事實。那次被抓的是古瑞明和陳光雲兩人，我則是在裝甲兵學校，由上面發公文到學校，校長召見我後，才被抓去保密局。其實也不能怪高先生亂寫，因爲每一個人的案情都不太想讓別人知道，因此對於別人的案情通常都是「聽說」的成分居多。

二、廿四年黑牢的啓端

一九五二年六月一日上午，我剛剛才踏入裝甲兵學校車輛指揮組辦公室，忽然來了兩個人，一個是穿便衣的生面孔，一個是

[1] 古瑞明爲擔任「二七部隊」副官古瑞雲之弟，「二二八事變」期間，他和台中建國工藝學校學生隊集體參加「二七部隊」。古瑞明於1951年8月10日被以「企圖建立八仙山軍事武裝基地」的罪名逮捕，同案包括有黃金島、陳光雲、林西陸等十五人。被判爲主謀的古瑞明，在1954年7月27日遭槍決。黃金島則在二審時由死刑改判爲無期徒刑，坐了二十四年的牢才假釋出獄。詳見：《台灣白色恐怖檔案》http://home.kimo.com.tw/snews1.tw/Myword/08/myword_0810.htm。

學校裡的同事，說是校長有事要找我，我上了他們的吉普車到練習大隊，一位我認識的林少校參謀出來，說上面有事要問我，要我等一下，只這麼簡單幾句話，我已打從心底暗叫不妙，全身一陣暈眩，腦海一片空白，還來不及思考如何應付，來了兩個武裝士兵，對我說：「對不起，這是上級命令。」便將我押進地下室。是一個漆黑悶熱潮濕的地下室。我情緒起伏，心想是否還能看得到明天早上的太陽？在漫長的黑夜裡，我勉力自我惕勵：

「黃金島，你過去的大風大浪都衝過去了，對那些支那人，你還怕什麼？」

「廣島兵長：你帝國海軍的軍人精神那裡去了，這一點挫折算什麼？」

第二天一早，一位軍官帶來兩位武裝士兵，用一頂黑帽戴在我頭上，連眼睛都給遮住了，又銬上我的雙手，押上吉普車載出裝甲兵學校，開始了我廿四年的黑獄生活。

約中午時分到達台北總統府第二廳交接公文後，我被轉押士林保密局本部。到此，押我來的軍官和士兵交差了。

我再被保密局人員押往市內的保密局看守所，時已黃昏。這秘密看守所原是高砂鐵工廠改造的，原地主是辜顏碧霞女士，當一九四九年國民黨發動白色恐怖統治時，爆發鹿窟事件，被國民黨追捕的台灣第一才子呂赫若，當年即是辜顏碧霞長女辜麗卿的家庭鋼琴老師，因向辜顏碧霞借資逃亡，辜顏碧霞因此受牽連，不但高砂鐵工廠被保密局沒收，她本人還被非法審判而繫獄五年，直到一九五五年才出獄。

這看守所一共有廿多間牢房，此時已關滿國民黨所謂的匪諜。我被押入一間小牢房，當我散散身子，屈蹲不久，送來晚飯，那缺口的舊碗裡盛著半碗飯，端到嘴邊，一股腐臭味嗆鼻而來，雖沒有胃口，但為了活命，我快速扒了幾口，囫圇吞進肚子，再搖晃一下生銹鐵罐裡的湯水，兩塊小冬瓜薄片也隨之進肚，這不由自主的動作，也不知是否吃飽了？

環視鐵欄干圈圍著的牢房空間，只四個榻榻米大，後角落有一個馬桶。再數一數人頭，有十幾個人，有的仰頭抱膝斜靠著鐵欄杆，兩眼無神地盯著前方，有的摳著手指甲，有的雙手緊抱肩膀，屈膝躺在地板上。

已到就寢時刻。在我關進這小牢房之初，已有人告訴我這牢房的不成文規矩，新人睡馬桶邊，得等又有新人來時才能昇級換位。我很認分地撿了一條舊毛毯，學難友們的動作，躺在馬桶邊。不久，我旁邊也躺下一個早我幾天來報到的前輩。朦朧中好像有雨水噴在我臉上，抬眼一望，是一位半睡半醒的仁兄迷迷糊糊地沒把水龍頭對準馬桶就噴尿。又不久，我打盹中好像有五種氣味從頭上飄來，原來馬桶上有一座大屁股正在製造五香氣味。

在獄中，隨便問人家案情或家庭情況是禁忌的。沉默是金乃不破的哲理。剛進牢房時，難友都很冷漠地在自己的位置看書，但有一個難友很熱情地走過來迎接我，使我很感動。這位王難友不斷打聽我對時局的看法，這時冷漠看書的難友中有一人抬起頭，向我使了一個眼色，這使我有所警覺地說：「我是阿兵哥，對時事沒興趣，所以沒注意到，對不起。」

後來才知道這位熱心的王難友竟是國民黨的線民。眞是好險！步步都是陷阱。

那時我是穿著裝甲兵軍裝進來的，進牢三天，一些難友們的名字還叫不出來，但第一個叫我外號「戰車」的，是葉石濤難友，他是台南某小學的老師，大我一歲，在這保密局牢房，是比我多幾個月的前輩。

葉兄是個熱心腸的人，不久他偷偷向我暗示牢內十幾個人的大略「底細」，免得我吃虧上當。

「戰車啊，你剛進來時第一個很熱心迎接你的，是住在彰化和美的王×州，內政部的抓扒仔；另鍾某某是台北艋舺被國民黨利用的流氓，他是國民黨在選舉後，把沒有利用價值的流氓關進來做眼線的。跟他們講話要小心。」

此後，時常看到被叫出偵審的難友遭嚴刑逼供、烤打得皮破血流，甚至骨折肉裂地被抬回牢房，大家都發揮了難友愛，把自己藏在枕頭下的雞蛋都拿出來打破，用蛋清敷在呻吟叫苦的難友傷口上，這是患難見眞情最好的寫照吧，世界上沒有比這種難友愛更偉大的了！我剛進這牢房時，看到有些難友把雞蛋像寶貝似的藏在枕頭邊，現在我才領會了，原來蛋清竟有這麼大的效用。

不久我病倒了，高燒不退。雖然這看守所形式上一星期有二次看病日，但沒有醫務室，看病時是在走廊上擺一張桌子，請個上尉蒙古醫官高高坐在走道中央看病。好不容易熬到看病日，輪到我時，正伸頭要出牢門，就聽到這位蒙古醫官擺手大聲說：「你氣色那麼好，看什麼病？」

天曉得我因發燒，面孔紅紅的，他竟說我氣色好！我耳朵熱哄哄的，只聽到他叫我回去，開水多喝一點。這位大醫官的藥就是開水多喝一點，看都不看一眼就打發過去了，他顯然不知我們一天只能分配到一小杯開水呢！

三、第一次偵審

關了半個多月後的一個早上，值班的看守人員在牢房前叫我的名字，說開庭了。這裡所謂的開庭，就是偵審。在難友們毋需緊張的目送下，我踏出牢房，不斷勉勵自己：「是要和特務們鬥智的時刻了，要沈靜，別緊張。」

我被押進一間辦公室，一位會講閩南語、約四十多歲的人叫我坐在他面前的一張椅子，才坐下不久，嘿嘿，不知什麼時候後面來了一個山東大漢，原來這就是所內鼎鼎有名的麻子打手。偵審開始，會講閩南話的特務人員(後來才知道姓蘇，廈門人)第一句話就問：

「你參加二二八和謝雪紅有什麼關係？」

我說：我從南洋回到台灣不到半年，連鄰居有幾個都還不清楚，怎麼會認識什麼叫謝雪紅的！

蘇特務又問：「你說不認識謝雪紅？那你為什麼參加二二八？」

我說：我參加二二八是看不慣唐山來接收的貪官污史，害得我們台灣人生活比日本時代更慘。

這時蘇特務還和顏中帶一點微笑：「你說祖國的接收官員貪污？你有什麼証據？」

我說我在報社時親眼看到唐山的接收人員收了很多老百姓的紅包。

蘇特務打斷我的話，變了一付可怕的鐵青面孔：

「祖國對你們台灣人已經夠寬大了，你們還對祖國的人不滿！好，二二八的事，政府不再追究，我現在要問的和二二八沒有關係，不談這些！」

他馬上換了話：「你認識古瑞明？」

我說認識。

蘇特務再問：「古瑞明到香港接受共產黨訓練回台灣後要做什麼工作，你知道嗎？」

我說不知道。

蘇特務再逼問：「古瑞明有講什麼話給你聽沒有？」

我說沒有聽到。

蘇特務又說：「古瑞明到香港受共產黨訓練後回台灣吸收你參加台灣民主自治同盟組織，有沒有？」

我說我可發誓絕對沒有。（天地良心，我根本就不知道有這個組織。）

蘇特務聽我說沒有，臉色發青：

「你不要給我來這套，古瑞明都承認了，你爲什麼不承認？

講話給你聽的是古瑞明，你只要承認他有講在香港受共產黨訓練的事給你聽就好了，這麼簡單的幾句話，你都不合作？」

這時蘇特務向山東麻子使了一個眼色，那山東麻子就舉起棍棒向我打過來，我自然反應，用手接棍，直到被打麻了，他猶還咆哮著：「來這裡的人從來沒有人敢反抗，只有你一個，好大的膽子。」然後又是棍棒交加。

我忍痛提醒自己，此刻是要和特務們鬥智，不是鬥氣，千萬不可妄動！所以，麻子打手打我一棍，我就慘叫一聲，但哀叫聲並沒有使這位山東大漢手軟，還罵我沒種：

「你同案的林西陸年紀大你一倍，他吃我十幾個拳頭都沒哼一聲，最後還是我用老虎鉗拔了他幾顆牙齒，流了滿口血，他才哼了一聲，他這麼勇敢，哪像你這孬種，只不過打你幾下，就一把眼淚一把鼻涕！」

這時從外面進來一位特務對麻子打手說：「不要打得那麼重嘛！」又向我說：「你和我們合作，不但不會再受刑，交待清楚了，我負責馬上放你回家！」

這批蔣家走狗軟硬兼施套我口供，當他們知道引誘威逼也套不到我的口供時，山東麻子的刑法自然花招百出，其中最拿手的一招是插針入指，但最叫人無法承受的，是打腫腳目後再用力敲打腫脹的突出骨塊，那一霎那的痛楚，直讓受刑人哀號大叫，忍不住的，尿水便奪褲而出，即使體格再強壯的好漢，都很難忍過這一關。

磨了四個多鐘頭，我已遍體鱗傷，精疲力盡，兩個腳目被刑得浮腫而抽痛難當，暈頭轉向中，耳邊只聽到蘇特務向痲子打手丟下一句：「好了！另日再審。」

不久，我被抬回牢房，想不到先前才買的雞蛋這麼快就派上用場了。

療傷期間，因我的傷口疼痛，無法睡覺，半夜裡時常聽到從不遠處的偵審室傳來一陣陣慘叫哀號聲，像一支尖銳的鐵針插進了心窩。我知道：蔣家特務們又爲著優厚的按件計酬獎金，正在加班逼供了。

我一面療傷，一面強化下次偵審的心裡準備。我可以研商案情的難友只有兩位，一是葉石濤兄，一是台中一中的林同學。雖然我到這秘密看守所只一個多月，但對各種案情的研判已八、九不離十！過去我納悶日本統治台灣五十多年，很多台灣人根本不知道共產黨爲何物，爲什麼蔣家王朝到台灣才二、三年，卻產生了那麼多共產黨徒？現在我已有了答案，原來台灣的共產黨大多是蔣家特務製造出來的。

國民黨被中國共產黨從大陸趕到台灣後，一方面利用美國的恐共症，巧妙配合美國的圍堵政策，一方面在台灣實施戒嚴，頒佈懲治叛亂條例、戡亂時期檢肅匪諜條例等等，以惡名昭彰的保密局、保安司令部、刑警隊、調查局等特務機關來剷除政治異己，同時在台灣各鄉村廣佈眼線。國民黨各特務機關爲政策需要及按件計酬的優厚獎金，製造了很多國民黨製的台灣共產黨員。

這時國民黨在台灣要剷除的對象是：

一、不滿國民黨蔣家王朝的知識份子。

二、二二八漏網的參與份子。

三、不和國民黨合作的各界社會人士。

四、各校的左傾學生、老師。

而以我的案例：「有聽沒懂」，也是有罪的。我們研判：

一、知情不報：七年以下有期徒刑。但以目前情況來看，不可能。

二、五條(特務們欲加給我的罪名)：你有聽卡犯古瑞明講話給你聽，而你沒有反對，表示你已默認同意參加他們的組織，就是共產黨員。戡亂時期檢肅匪諜條例第五條：處十年以上至十五年，甚至無期徒刑。

我們三人研判到此，不禁相視苦笑，不勝唏噓。

四、第二次偵訊

我身上的刑傷漸漸痊癒，但在這充滿奸詐的險境裡，我的心情更沈重了，因爲下次的偵審已迫近。我知道：下次偵審將是決定我之生與死的轉捩點，不可不慎，在這生死關頭，我每天時時刻刻都在複習如何答辯。

四個多月後的一個早上，看守人員終於又在牢房口叫我準備開庭了。

我隨著看守人員到偵審室，蘇特務和山東麻子已經虎視眈眈地等著我。感覺和上次的氣氛很不一樣。蘇特務叫我坐到他面前的椅子，很不在意地隨便問著：

「前次問你古瑞明從香港回來講他香港受中共訓練的事給你聽，你想起來沒有？」

我說：「我眞的沒有聽到古瑞明有講過什麼話給我聽。」

蘇特務說：「古瑞明都說他有講給你聽了，你爲什麼不承認？」

我說：「你說古瑞明說他有講在中共受訓的事給我聽，那麼請你叫古瑞明和我對質好了！」

蘇特務好像就在等我說這一句話，很有把握地滿口答應。

在等古瑞明來和我對質的這段時間，我思索著：古瑞明應該不會憨到承認他曾講在香港受訓的事給我聽吧？以目前國民黨的叛亂條例，他在香港參加共產黨，回台宣傳又秘密活動，是二條一項唯一死刑罪。我堅持沒有聽到他有講台灣民主自治同盟在香港活動的事給我聽，不只是幫他脫罪，也爲我自己洗罪。我相信古瑞明應該懂得這一點利害才對！

不久古瑞明被一位看守帶進來，當他看到我，好像有點驚愕，其後就一直獃笑著。這時蘇特務給他一支香煙，他竟也悠哉悠哉地吞雲吐霧起來。從他被優待的情況來看，我覺得事情大不妙，難道古瑞明已出賣我們了？我情急之下，不管三七二十一，先聲奪人地向古瑞明說：

「老古，我從來就沒有聽過你在香港受訓的事。」

我又用眼神暗示他：「你若亂承認，不但你死定了，還會害了我們。」

這時蘇特務向古瑞明說：「你不是已承認有講給黃金島

聽？」

古瑞明猛吸了兩口煙，說：「老黃，我有講給你聽，恐怕你已忘記了。」

這話簡直把我氣炸了，差一點就暈過去。這一隻台灣獃牛！我瞪著他，但他仍垂頭吸他的香煙。

蘇特務很得意他的傑作，說：「古瑞明都承認了，你還不承認！你要討皮痛才承認嗎？」

我說天地良心，我沒有參加他們的共產黨，也未曾聽過他講過受訓的話給我聽。但現在既然古瑞明都這麼說了，我夫復何言？

蘇特務即時就把審問口供放在我面前，逼我簽名。在人家屋簷下，不得不低頭，我無奈地把自己的大名用斗大的字寫上。我知道已經快結案了。

這幾個月來，每日都在這煎熬的人間地獄裡和這些狡猾的國民黨特務週旋，好不容易熬到偵審結案，但此刻我就像洩了氣的皮球一般，全身乏力。在蹣跚走回牢房的途中，我腦海裡不斷迴旋著爲什麼？爲什麼？爲什麼只看過兩次面、同是參加二二八的有正義感的人，竟會在特務面前把我咬進去，是什麼藥使古瑞明變成六親不認的動物？爲什麼？爲什麼？

最後我找到了答案：爲了優厚的獎金！蔣家特務們常利用嚴刑後人性最脆弱的時刻，威逼照他們的劇本交供，就馬上放你回家和父母妻子相聚，或給你自首優待等等利誘。他們導演了很多匪諜案件，也製造了不少冤獄！

我回到囚房時，難友都很關心地探問。我把對質的情況告訴他們，他們只平靜地說：古瑞明是特務們威逼利誘下的可憐蟲，這在剷除異己的保密局來說，司空見慣了。前抗日英雄李友邦少將(台灣人，投靠蔣介石麾下)就在幾個月前從保密局被押到馬場町槍斃了。

五、移送軍法處看守所

偵審結案差不多三個星期的一個早上，看守人員在牢房口叫我準備行李，我知道要被移送青島東路保安司令部的軍法處了。

我被押到大廳等車時，嘿嘿，已來了十幾個人，都是古瑞明咬出來的，說是同案，但我一個人也不認識，他們正七嘴八舌地追問古瑞明爲什麼要把他給咬出來？其中一位埔里糖廠的陳廠長，還有一位是林西陸先生。角落邊還蹲著一個垂頭、不敢見人的，那正是古瑞明的堂兄古文奇。這仁兄聽到堂弟古瑞明被捕，爲了保住自己的狗命，就向特務機關自首了。

在押解車上，我問古瑞明：「二二八在干城兵營初見面，後來我到東勢採購木柴時，見過你第二次面，你並沒有講過到香港的話，爲什麼你在保密局特務面前說你有說過到過香港的事給我聽。」

古瑞明說：保密局的特務們向他保証，他講過到香港的話給人聽，並沒罪，只要承認有說給人聽，就放他回家。

我說：「古瑞明你上當了，而且還害我們不淺！」

古瑞明至此尚還天眞地說：「我們到軍法處向法官說實話翻供就沒事了！」

到今才對一丘之貉的法官說實話有什麼用？台灣人未免太天眞了！倒是保密局的特務們對古瑞明並未失信，給了他提早回家的諾言，讓他從馬場町回天國去了。

古瑞明被槍斃後，因父母兄弟不敢領回他的屍體，被送到國防醫學院當做學生們的解剖實習品。

保安司令部軍法處是國民黨的殺人店，也是決定我生死命運的分界處。聽說軍法處幾棟大樓是由日本時代的陸軍倉庫改造的，層層鐵門的二層樓被分做四區。剛踏進一區大門，就看到一排一排像鳥籠的囚房裡萬頭鑽動，已擠滿了各路好漢，有高、中、小學的老師、大學生、漁民、農民、商界的董事長、軍公職人員。

我被分發到一區最裡面的一間長一八〇公分，寬三六〇公分的第十五牢房。

我捻著一包小行李走到裡頭的馬桶邊坐下來，他們一看即知我是內行人，這是牢裡的不成文規定。但且慢爲我擔心，這裡的新陳代謝很快，不到兩天，我就昇級了。這裡的伙食一天二餐，臭飯加一小碗菜頭簽湯。晚上睡覺，十八個大漢除了沙丁魚式的半醒半睡之外，無何辦法可想。

我到軍法處後才被准許可以寫信回家。半個月後，收到老母寄來的一封信和五十元，直叫我欣喜若狂。我爲了把握時間好好學習中文，向軍法處請購一本小字典，想不到一星期後送來一本定價九元的小字典，竟扣了我老母寄來的總財產五十元。雖說這種剝削司空見慣，但對一個窮苦良心犯來說，未免太殘忍了！

六、殺人店的抓人槍斃時間

到軍法處三天後，聽說晚餐有加菜(且勿歡喜，這裡的加菜不過是菜頭簽湯內加兩個小魚丸)，飯後，擴播器播出淒涼的「月亮彎彎照九州」的歌謠，不久看到獄卒緊張地拿著名單向牢籠走來，平時餐後吵鬧的牢房突然鴉雀無聲了，連空氣都似窒息了，大家你看我，我看你，聳著耳朵聽獄卒喚名。

在軍法處被起訴「二條一」的人，三個月後要有被叫去槍斃的心理準備。這時我同房也有一位桃園人被獄卒點了名，這中年農民換上家裡寄來的清潔衣服後，忍著滿眶淚水，和牢房每位難友一一握手惜別。這中年農民到底犯了什麼天條大罪？不過好心給一位「走路」的外省人一頓飯吃而已！

這時，照以往的慣例，每一牢房的難友們忍著滿腔憂憤，含著盈眶熱淚，一個跟著一個地轉著小圈圈，爲這位即將失去寶貴生命的難友唱起追禱詩。

一九五三年五月中旬，一區十五房押入兩名鹿窟案人犯，記得有一位姓廖，由他口中，我才知道一九五二年十二月二十九日凌晨，國民黨用一萬多名軍警和戰車包圍鹿窟山區，逮捕被疑爲中共支持的武裝基地的村民，整個行動至次年三月爲止，連鹿窟村民、婦女和孩童都不放過。被捕之後，多移送鹿窟菜廟的幾個小廂房，小小的廂房內，國民黨竟不人道地關了五六十人，擠得每人只能勉強蹲坐。當時是冬天，山上的夜晚特別冷，每當深夜，正殿不斷傳來陣陣村民被嚴刑逼供的哀嚎慘叫聲，使人心碎。到今雖半年快過去了，廖難友講到這段人間煉獄的日子，仍心有餘悸。

鹿窟山上耕地少，村民都以種植包種茶或蕃薯為主，絕大數村民都是不識字的貧窮礦工，尤其不可思議的是，剛進來的鹿窟案的二位礦工難友，是連東西南北都分不清楚的老實人，竟也做了國民黨的叛亂犯。在我們相處的這一段時間內，每星期一次的面會日，沒有判決的人犯不能面會，只能送食品，這天有錢人家送來的是魚魚肉肉，鹿窟難友家裡送來的，只是泡鹽水的兩條淺黃鹹菜頭，但他們都不卑不躬、很誠懇地分給每一位難友一小塊，我認為我所分到的這一小塊鹹菜頭，是我這一生吃過的最珍貴的菜餚。想不到後來這兩位老實的貧窮礦工，國民黨竟也不放過，把他們槍斃掉了。

睡在我旁邊的一位張旺難友，苗栗人，四十多歲，日政時代當過日本政府的文官，因看不慣日本人對台灣人的差別待遇，憤而投考日軍翻譯官，如願考上了。張旺到了祖國中國大陸，曾幫助很多中國同胞脫離日軍的魔掌。日軍投降後，他回到故鄉台灣，想不到來台灣接收的中國官員竟是他救過的中國人，這些人欺壓台灣鄉親，比日本人尤甚，於是他又參加了反蔣組織，後來遭密告而被捕。他是從保安司令部押到軍法處來的抗中好漢，閱練豐富，我受益非淺。後來張旺難友以顛覆蔣政權被起訴「二條一」，是唯一死刑，他都泰然自在。一九五三年初的一個下午，張旺難友被拉出去槍斃時，猶在牢房門口大呼口號：台灣人勇敢站起來！打倒腐敗的獨裁蔣政權！暴政必亡，台灣鄉親團結救台灣！這時來了幾個大漢，強把張旺難友拖出牢門，一面用棍棒奮力捶打，但張旺仍然一路喚著口號。這個下午，我們這一牢房的難友也爲這位勇敢的台灣鬥士張旺的從容赴義，唱了好幾個鐘頭的追禱詩。

張旺難友赴義三天後的早上，看守人員在牢房門口叫我開庭，出到大門口，等各區十幾個同案到齊後，兩個人銬一個手銬，像趕鴨子般地被押到軍事法庭。一位少校檢察官唸了一大堆起訴文，其中只聽到黃金島參加八仙山武裝叛亂，起訴二條一項，眞把我氣昏了，明明在保密局的劇本是：「有聽沒有懂」，最多是五條，爲甚麼到軍法處就變成了二條一項？原來是謝雪紅的乾兒子古瑞雲，也是台灣民主自治同盟的高幹，要提拔他的弟弟古瑞明和堂弟古文奇，到香港參加共產黨的高訓後，做爲共產黨的高幹人才。想不到古文奇一聽同黨古瑞明被捕，爲了保住自己的老命，主動向國民黨特務機關自首，還把親戚朋友同學咬出來立功，並和特務人員合作，編了莫須有的八仙山武裝基地，把我也咬進去了，害得從來沒有參加過他們組織的我吃了很多苦頭。這位共產黨的高幹，就是共產黨所講的「環境會決定人之意識」的最典型人物。

不久軍法處爲了配合蔣政權的「德政」，說有辯護律師可以申請，我也申請了，想不到隔二天就見到了德政下的大律師，但任誰也想像不到，爲我辯護的大律師竟是起訴我的石檢察官。我一見他，就像連珠炮似的：

「報告檢察官，我根本就沒有參加過古瑞明的什麼組織，連八仙山在那裡都不知道，爲什麼檢察官給我起訴二條一項？」

石檢察官打斷我的話：

「我現在不是檢察官，是你的辯護律師，你有什麼大炮啦！機關槍啦等武器藏在那裡，都可以告訴我，我現在是你的律師，我會給你辯護的，你老老實實告訴我。」

我說檢察官起訴的所謂八仙山在那裡我都不知道，那裡還有什麼武裝基地？這位石檢察官兼律師轉口說：「那你參加二二八的武器藏在那裡？」

我說：「參加二二八是在無政府狀態下，我們是爲庄內的治安，在鄉親要求下參加的。聽說廿一師來了，我們就把武器放回治安機關。我們根本就沒有什麼武器，而且所謂八仙山武裝基地，沒有人員也沒有武器，這些都是他們自己編出來的，請石檢察官明察！」

這位既是檢察官又是律師的檢察官律師半天也沒聽到他所要的答案，很失望地說：「好啦！我們會給你查明。」就叫獄卒押我回房。

七、中國共產黨特工在國民黨軍法處

自從我被起訴「二條一」後，對面七牢房的難友中有一位和我同齡的小學老師，苗栗人，利用放風時間常和我接近，故意問東問西，尤其知道我是軍人出身，而且又被起訴八仙山武裝叛亂，特別對我有興趣。

有一天同房的一位商人難友告訴我，對面七牢房那些人要特別小心，因他半夜裡醒來要去小解時，看到軍法處的政工人員半夜巡到七牢房時，有人從房內拿紙條給政工人員。對這位商人難友的好意提醒，我至今還是非常感謝，尤其在那每人都明哲保身的環境裡。

我知道那件事以後，在放風時，有意無意提醒七牢房的這位老師，在這種險境，陷阱太多了，我們台灣人過去受日本教育太單純了，應要互相小心注意等等，想不到這位老師怕我以後不再和他往來，無法完成他們組織交代的任務，勉爲其難地向我透露了一點點秘密消息，叫我放心，並打胸脯向我保證，這時我也打胸脯向他保證，他告訴我的秘密，我不會告訴別人，因爲這種秘密知道越多越危險。他於是才告訴我，他們七房深夜裡拿條子給政工人員的不是抓扒仔，並說此人不簡單，是要救我們的貴人。我說何以見得？他很神秘地笑笑，沒有回答。後來我和這位老師不斷接觸，他才點點滴滴透露令人不可思議的秘密，一個駭人聽聞的計劃正在不知不覺中進行著。

原來每晚拿條子給政工人員的難友叫王川造，是不是眞名，沒人知道，他才是道道地地的中國共產黨華東情報局的工作人員，每晚深夜裡和王川造聯絡的中尉政工也是王川造的同志。他們還在軍法處組織工作委員會，當前的工作是吸收二條一項被起訴的人犯，當然包括我在內。

他們緊鑼密鼓地佈署，一旦時機成熟，將借提他們所吸收的二條一項的死刑犯，在押運槍決途中，將大卡車上的死刑犯一一解開手銬，轉載至秘密基地，納入他們的組織，當然，這批二條一項的死刑犯將視共產黨如再造父母，日後必言聽計從，如此共產黨不但達到引發國民黨政治暴亂的目的，更可增加一批「感恩圖報」的死忠黨員，可謂一舉數得。未料共產黨台灣北部的某秘密基地不久被國民黨破獲，這計劃因而作罷，而後來二條一項的難友也被國民黨一個一個拉去槍斃了。而我呢？可說是漏網之魚，也許老天爺要留我作這一段歷史的見証吧！

快接近三個月期限的日子，我腦海裡每天都想著：如果有一天我也被押出去了，我要不要像張旺難友一樣在牢房門口高呼：台灣人勇敢站起來！打倒蔣介石獨裁政權！不要再當外來政權的奴才！等等，來喚醒台灣人，這雖然會在死前又換來一頓毒打，但如果能喚醒台灣人，犧牲也是值得的，總之是要死了，這些毒打還怕什麼？

煎熬的三個多月過去了，還沒有叫到我的名字，到了四個多月後的一個下午，又叫我開庭，但並沒有叫我準備行李，我還在納悶，已經到了法庭，有一位小個子的中校法官唸了一大堆判決文，其中唸到八仙山武裝基地部分：因基地沒有武器、沒有人員，更沒有經費才作罷……但有意圖顛覆政府，因政府寬大，判黃金島無期徒刑……

我帶了這莫名其妙的判決文回到牢房，很多難友都從鐵籠裡向我恭喜。何來恭喜？被起訴二條一項而沒有被拉出去槍斃就是恭喜！當然，這晚難友們不必為我繞小圈子唱追禱詩了。

八、新店軍人監獄

一九五三年二月初的一個早上，我再被押上卡車，不知轉了多少個彎，到了新店軍人監獄。我被分配在信監十八房，牢房約有八個榻榻米大，關著二十八個人，地板離水泥屋頂不到七尺高，空氣流通非常不良，夏天酷熱得有如蒸籠，光穿一條內褲也汗流如雨。房間後部有一個馬桶和一個小水池，當你洗澡時，無論怎麼小心，洗澡水都會溢出到睡覺的地板上，睡前總要花一番功夫，用報紙將地板上的水吸一吸，就此背部枕著濕地板，一個個緊貼身軀而睡。寒冷的冬季，地板上的濕氣常使我腰酸背疼，根本無法安穩入眼。

當時的楊監獄長是軍法局長包啓黃的親信，一日二餐的伙食還算有一點良心，但我們這些監方所謂的叛亂犯，不但不能做外役，而且日常的飯菜都由軍事犯外役送來，每當加菜日，很多軍事犯外役都拿大碗在大門口等著，當政治犯的飯菜經過大門口，這些軍事犯外役先用大碗搶挖一些爌肉，監方都睜一隻眼閉一隻眼。等過五關斬六將送到我們碗裡時，已經沒剩下幾塊小肥肉了。後來包啓黃事件發生後，換來一位姓李的基督徒監獄長，他滿口神愛世人的救世經，但對政治犯的伙食卻特別委派貪污犯來辦，偏偏這些貪污犯在這節骨眼都很盡責，害我們三個多月未曾看過一粒黃豆。

我到軍人監獄不久，監方派來一位姓韓的三十多歲上尉政工官，他對台灣人政治犯特別歧視，一到任，馬上實施以下幾項「德政」：

一、放風散步雖只短短一小時，但必須唱「反攻大陸去，中國一定強」，還要喊口號，呼蔣總統萬歲，效忠領袖。這些聲音都必須宏亮，如果姓韓的政工認為聲音不夠宏亮，散步活動就取消。

二、姓韓的政工和獄卒常在三更半夜突然來到牢房，燈一亮，一陣急促的哨音一響，命令受刑人迅速整理行李馬上調換牢房，這種恐怖政策，磨得你心疲力盡。

三、我們二十八人擠在擠得不能再擠的小牢房，但這位韓政工還不滿意，要每一牢房配一位重症的肺癆病患來傳染，果然不久信監四百多名叛亂犯被傳染一百多名(這是一江山撤退後X光車來檢查時的統計紀錄)。這位效忠蔣家的政工人員還不放過我們，再在我們牢房增加一位精神病患，叫我們照顧，此後我們每天都被這位精神病鬧得雞犬不寧。

四、這裡的政工人員時常藉機製造矛盾，使牢房裡的受刑人互相猜忌與疑心。

九、國民黨製台灣共產黨徒

在軍監裡，我認識了很多國民黨製的台灣共產黨員，起初他們都是對蔣政權在台貪污腐敗不滿而已，並不是眞參加過共產黨。想不到國民黨判他們五條，他們很迷惑、悲傷，不久也想開了。既然國民黨叫他們做共產黨，他們就做給國民黨看，由於無奈的意氣用事與投機心裡作祟，這批國民黨製台灣共產黨員開始在牢裡拜師學藝。（講起來既諷刺又悲哀，目前在台灣活動的統派分子，大都是國民黨製的共產黨。）在這種形勢下，過去曾看過一些馬克斯、唯物論，或是無產階級理論或阿Q正傳等一知半解的知識份子，開始招兵買馬，在軍監牢房裡開起共產黨員速修班。國民黨從一江山大陳敗退之後，這批國民黨製的共產黨認爲時機到了，在牢裡組織小圈圈，廣招學徒來囤積他們的政治資本，以便有一天中共解放台灣時可以請功。連我這種軍人出身的人，這些國民黨製的共產黨員也不輕易放過，常叫一些速修班的難友來說服我。因我過去在海南島對共產黨及國民黨的眞面目早就看透了，我會再上當嗎？我當然不屑一顧，放風散步時，我都孤芳自賞，和他們保持距離。他們知道我經濟結据，就用物質來引誘。有時我也對這些難友勸說幾句，想不到他們對我的好意勸告不但不領情，還把我的話報告給他們的組織。因此他們認爲我不參加就是反動份子，以不是朋友就是敵人的歪論鬥爭我。鬥爭的手段即是馬上聯絡各囚房的同路人，予以孤立打擊。在這種外有監獄的政工人員無所不用其極地壓迫虐待，內有國民黨製台灣共產黨員的孤立打擊，讓你每日精神煎熬，有一些意志不堅的人受不了這種雙重打擊，精神分裂了，每日瘋瘋癲癲的。這些都是沒人性、缺德的國民黨製共產黨員的傑作。

孤苦無援中，我又患重感冒了。這裡的醫藥只能給你幾粒阿斯匹林，發高燒時，我很渴望吃一點水果，但我有好一段時間沒收到老母的一毛錢了，褲袋空空，但皇天不絕人之路，當早上難友們放風不在時，我就撿有錢難友扔下的柑皮泡開水來喝，聽說柑皮有維他命C，可以退燒，漢藥的柑皮還可以治感冒呢！

十、獄中百態

一江山大陳徹退之後，國民黨製台灣共產黨速成班的大頭病們認爲時機已到，有些人甚至得意忘形，竟然大叫：「我看到眞理了！」

我心裡暗覺好笑，這些大頭病們以前是盲目參加，經過了這麼多年才看到了眞理。這些國民黨製台灣共產黨看衰蔣家王朝後，明目張膽地在這國民黨政權的軍人監獄仁監招兵買馬，所以共產黨員速成班也如雨後春筍般成立了，所見盡是五、六個或十來個人的小圈圈，放風時，竟成群結黨囂張地在看守人員面前傳授活動，討論時局或教技學藝，令人眼花撩亂！其後果不想可知，國民黨雖然鬥不過中國共產黨，但要對付自己製造的台灣共產黨卻是綽綽有餘，軍監的保防官也不是省油的燈，他們放長線釣大魚，國民黨製台灣共產黨員的活動，早在他們的監控之中，只是出手時機未到罷了。

除了台灣共產黨速成班以外，獄中還多出了一項行業，我們都稱爲：「事後聰明教頭」，他們看準了這些國民黨製台灣共產黨員的投機心理，專門騙吃騙財，舉兩個特別的典型人物給讀者參考。

一個姓馬的山東人，前國民黨軍官，在大陸曾被共產黨俘虜，洗過腦，懂得一點點共產黨理論，他到台灣後沒有去自首，被密告而補判無期徒刑，不久送到軍監來，他很能言善道，雖和我一樣是沒有人接濟的窮光蛋，但這位仁兄懂得窮則變，變則通，他抓住這些國民黨製台灣共產黨員正渴望瞭解祖國共產黨眞相，馬上投其所好，編一些連他自己都不相信的鬼話：

「我早就知道，你們這種前進的台灣同胞都是共產黨的重要幹部，我早就知道，你們的積極學習，將來一定會被祖國共產黨重用。」

這種連他自己都會臉紅的狗屁膏藥，竟讓這些國民黨製台灣共產黨員醉茫茫，難怪他也被孝敬供養得油洗洗！

還有一位外號叫「泰國」的徐姓華僑，是國民黨吸收到台灣受過訓的特工人員，但也領有中共的特工薪水，是雙面間諜，被國民黨發覺後，被騙來台灣領獎而押送到泰源監獄。這位仁兄的特點是「做人圓滑，騙術高明」，有一些沒骨氣的台灣奴才被他騙得團團轉，甚至有一個宜蘭的小學教員(也是國民黨製共產黨員)，被他騙得昏頭轉向，不但到期保他出獄，在宜蘭奉養，還強迫他的女兒嫁給他，後來發覺姓徐的眞面目時，後悔已經來不及了。這位泰國仁兄在泰源監獄時，和一位自稱台灣人欠他的施某某(高雄人)交情不錯，在高雄事件發生後，這位施某某逃亡時，去向國民黨特務機關通風報信密告的，就是這位仁兄，後來這位仁兄從國民黨領到不少獎金，有人看到他出門開賓士，三餐都在高級餐廳，在台灣搖擺一段時間，看到國民黨衰尾了，就遠走高飛失蹤了！

在國民黨製台灣共產黨速成班生意興旺時，我們這些不參加他們小圈圈的人(他們稱之爲散仙)，在一小時的放風時間內，都被排除在外圈蹓躂，因爲散步場中間部分都被他們佔據了！

有一天早上放風，我正在外圈孤芳自賞，想不到竟遇到前軍法處一區七房的王川造老兄。他老兄個子不高，瘦瘦的身材，滿面鬍子，別小看他其貌不揚，他可正是中國共產黨華東情報局特工，也是中共在國民黨軍法處工作委員會的負責人之一，知道他眞實身份的，除二條一項漏網的我以外，全都被國民黨槍斃了。我正納悶他什麼時候調到這裡，不意已碰了面。我們點點頭互相問好，軍法處的事大家心照不宣，只不當一回事地談些生活情況和身體健康等無關痛癢的話題。

想不到隔天早上放風時，就有一位和王川造同房的難友跑來偷偷告訴我：「老黃，你知道王川造是什麼樣的人嗎？」我說不知道，反問他王川造是怎麼樣的一個人，什麼時候調到他房的？那難友說：「他前天下午調到五房來，晚上就被保防官叫去談了好幾個鐘頭，大家都認爲王川造有問題，可能抓耙仔！老黃你要小心！」我說謝謝，我會留意。

以後每天放風時，我和王川造很自然地散步在一起，因爲我們都被國民黨製台灣共產黨速成班的小圈圈所孤立，只不過被孤立的性質不同，王川造必須以保防室的抓耙仔來掩飾他的眞實身份，我則是不和他們同流合污，但我們可謂同病相憐。當我們談到這些自稱未來共產黨高幹的大頭仔時，這位正牌的共產黨特工深深嘆了一口氣說：

「這些人眞是「七月半鴨」不知死活，監獄的保防人員早就在監控了，只是這些大頭仔不知道罷了。」

我說：這些大頭仔在牢裡的革命是這麼地前進，如果你不參加他們的小圈圈組織，就被認爲是反動份子，將來共產黨眞來時，都會被這些大頭仔清算！我問：

「川造兄，你對這些大頭仔的看法如何？」

王川造說：「到時候誰清算誰都還不知道呢！「瘦狗敗門風」，胡亂放屁！」

我第一次聽到中國有這麼一句好形容詞。王川造說：

「有一戶「有錢人家」的門口不知什麼時候跑來一隻瘦瘦的狗，看到人就亂吠，被吠的人都在想：這麼有錢的人家怎麼會養這樣一隻瘦狗？其實這隻瘦狗不是有錢人家養的，是不知從那裡來的野狗！……」

聽到正牌中國共產黨華東情報局特工王川造(汕頭人)對這些國民黨製台灣共產黨員的露骨批評，我心裡眞爲這些台灣狗奴才悲嘆！被人家譏笑、看不起而不自知！自稱統派的國民黨製台灣共產黨份子若看到本書，不知做何感想？

正當這些共產黨速成班得意忘形地傳授連自己都不相信的共產狗屁膏藥之際，獄方的保防官也迅雷不及掩耳地採取行動了。某天晚上，保防官從仁監牢房叫出一名姓袁的，我們都叫這位仁兄袁大頭，他是仁監共產黨速成班的頭頭(台灣北部人，國民黨在大陸末期的跑路軍校生，回到台灣後國民黨授予少尉軍階)，他到保防室談到半夜才回牢房拿行李，轉到義監優待房去了。隔天，這位袁大頭的共產黨速成班的徒子徒孫一個個被調回調查機關敲打一番，幾個月後，槍斃的槍斃，判重刑的判重刑，曾如火如荼的共產黨速成班大頭仔就此消聲匿跡了。而這位突然被獄方優待的袁大頭仁兄，我們用肚臍想也知道，他出賣了這批對他死忠兼換帖的同志。

十一、綠島小夜曲

我在新店軍人監獄度過漫長的九年，某個下午，哨聲一響，叫我們準備行李，然後兩個人銬在一起，手捻著小行李，被押上軍用卡車，向基隆方向行駛，我心想一定是去火燒島。

記得曾聽1951年第一批被送到火燒島一年，因不聽管教而被送回軍人監獄的難友說：

一九五一年，第一批白色恐怖的政治犯三百多名，從台北青島東路保安司令部軍法處判刑確定後，於半夜兩人聯銬，腰上繫著繩索，十人一串，另一手提著日用品，被押上軍用卡車載到華山車站，又坐火車到基隆車站，再由特工人員押向基隆港邊登上登陸艇。有人疑惑是不是要載去塡海？在船上搖過一日一夜，來到

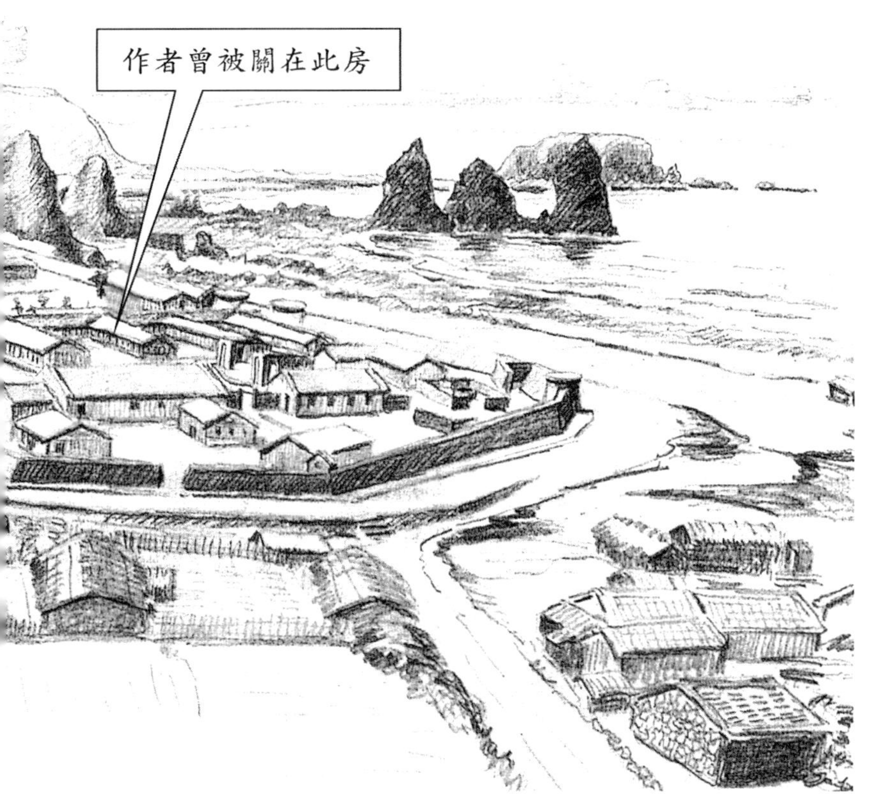

圖為綠島新生訓導處，是台灣第一座政治犯集中營，最多時，曾經同時關過2000人。（圖爲本書作者黃金島提供的陳孟和先生手繪圖稿）

火燒島，於中寮上岸，又兩人一銬，十人一串，如死亡行軍一般。所經過的火燒島民戶的門窗都深鎖，緊閉的窗戶柵縫裡好像有幾隻有點好奇又有幾分害怕的眼睛正向他們眨著。

後來才知道，在這一批政治要犯到來以前，國民黨政工與駐地特工已不斷向火燒島人民洗腦警告：「不久來火燒島的人犯，比日本時代殺人放火的大流氓還壞幾千倍，不要和這種人接近、講話，否則會被處罰！」

事實勝過一切，島民在門縫裡所偷看到的這批人犯，有男、有女，有的眉清目秀、有的像白面書生，其中還有十八歲的高中生，這怎麼叫畫龍繪虎的大流氓！

在島民的迷惑中，這一批政治犯來到了綠島警備總部新生訓導處，以後成爲陸續到來的政治犯的思想改造大本營，人數最多時高達兩千多人，若加上管理員，與當時的火燒島居民人口相當。

我想到這裡，軍車已經到了基隆碼頭。一艘貨物船正生火待發。我們一下車就被押上貨物船的深艙，呆了一天一夜，搖到了火燒島。因貨物船不能進入南寮漁港，只好在南寮漁港外海不遠處下錨。我們兩個人銬在一起，分成幾梯次坐舢舨到南寮漁港上岸。在六、七月豔陽下的火燒島，正如其名，酷熱無比，沒有穿鞋的雙腳在踩踏沙灘的那一剎那，整個人都彈跳起來。兩百多名政治犯墊著腳，火速衝往停在碼頭的軍用卡車。見怪不怪的碼頭居民以無法形容的目光看著我們。沿路塵土飛揚，看不到半棵樹木，不久到達警總新生訓導處。

我被編入第一大隊第三中隊，發下兩套制服和一雙短統布鞋，制服上繡著「新生」兩字，接著分派工作。

火燒島空氣比軍人監獄好，新生也可選伙食委員，自己開伙，但生活上，必須一日上洗腦政治課，一日勞改，如搬石頭、搬沙子、養火雞、養豬、種菜、煮飯等。上山、下海的每位新生都需負責一件事，各司其職，一段時間之後才能互相調換。

這裡的空間比較大，統派和台獨的政治鬥爭沒有軍人監獄那樣明顯。

不久我被同學(這裡的難友都稱爲同學)選爲伙食委員，負責管帳和對外採買，每日都要在政戰上的監視下外出採購。

我第一次到南寮採買時，有小孩子走近，但一看到旁邊的政戰士，就快速跑開了，買菜時，歐巴桑也不敢和我多說話，我心裡覺得很納悶。我這樣誠懇有禮貌，爲什麼島上的居民這樣懼怕和我們接近。後來，一位歐巴桑偷偷告訴我：和你們新生多講話後，就被管區警察警告，找麻煩，這裡的警總特工人員也時常警告他們不要和新生講話、接近，新生們講了什麼話，都要向政工人員報告。歐巴桑迷惑地問我，你們新生究竟是怎麼樣的人，爲什麼這些外省人這麼怕你們和我們說話？我說我們都是台灣人，不要怕外省人，因爲他們是「臭腳尻驚人掩」，新生的好壞，你們都看得出來，「日久見人心」，請相信我們，更不要怕這些外省人對你們的恐嚇威脅，只要島民不理會警總的政工，他們也拿你們沒辦法。

在了解島民和新生們接近的困境後，我開始和各隊負責採買的同學檢討，結論是：把每天監視我們的政戰士支開，島民才敢和新生們接近。

跟監我的警總政戰士官拜上等兵，是和蔣介石同鄉的浙江人，這位仁兄被國民黨澈底洗腦，深信國民黨反攻大陸後，會派他回浙江老家當縣長，他個子小小的，最高不超過五尺多一點，斜眼，看小姐時，眼球都不聽指揮，黑眼珠一個向東，一個向西，小姐都不理他，使這位未來的縣老爺非常生氣。他每天路上都向我這唯一聽眾講著他未來當縣長的癡人夢話，我有時隨意讚美他幾句，叫他縣老爺，他很高興，說他當了縣長一定請我當秘書，我答應了。

以後每天採買時，這位未來的縣長帶我到我們稱爲「鬼門關」的崗哨時，丟下一句：如果上面來查，就說他大便去了，便拐向海邊的小屋賭博去了。

我們有機會和島民接觸、溝通、打成一片了！國民黨的謊言一一被打破。島民們漸漸了解新生們都是良心犯，是好人。大部分新生是高級知識份子，有高中、小學老師，大學教授，還有律師、工程師、軍界的將領和各種農漁業專家，也有新聞記者，尤其新生營裡有醫生、護士，常發揮醫術，救治了許多島民過去無法醫治的疑難雜症，家裡有孩子要升學的，就拜託高中、小學老師爲孩子補習功課，島民之間有紛爭，或不懂得法規時，就請「新生專家」來調解、說明，島上的居民對我們的信任、尊敬與愛戴，與日俱增，彼此之間建立了深厚的情誼。

人才濟濟的政治新生們也將這勞動營營造得像個「文化城」，被外界稱為文化沙漠的火燒島，每逢佳節、新年，新生們都舉行晚會、放電影、自編台灣歌仔戲，和島上的居民分享，場場爆滿，帶給島上鄉親無限的快樂。

與島上居民接觸，令我印象最深刻的是那群可愛、淘氣又討厭作文的小學生，我問小學生「長大了想作什麼」，小學生看看我，摸摸小腦袋，說：「我長大了要當新生。」說完還一陣哄笑。小學生們無意中的這句話，天眞的笑聲，深深地刺痛了我的心，無期徒刑是我的未來，我可以再找回小學時代的志願嗎？

十二、蘇素霞殉情事件

在島上居民對我們政治犯新生印象改觀的同時，島上姑娘們對年輕新生的愛慕也有增無減，她們的純情愛苗，不久就在警總特工人員的打壓下，演出了令人遺憾的悲劇。

女主角是鄉長的侄女蘇素霞小姐，男主角是海軍台獨案的曾國英同學。蘇素霞美麗大方又歌聲甜美，人稱綠島百合。十七、八歲含苞待放的年紀，和政治犯小喇叭手曾國英一見傾心而墜入情網。但同時有綠島監獄管理單位的劉姓中尉政戰官（中國人）也積極追求蘇素霞，蘇素霞自然不為所動。後來劉姓政戰官多方探知蘇素霞竟然愛上屬他所管的政治犯曾國英，惱羞成怒，竟把曾國英關入政治犯墓地旁的碉堡內，還派員全天監視，每天只給三個小饅頭和一杯鹽水充飢。接著，劉姓政戰官

蘇素霞小姐生前在綠島海邊留影，時年20歲。

又不斷透過蘇家雙親及鄉長伯父向蘇素霞逼婚，甚至恐嚇威脅，若不從，將以通匪罪查辦。

我當時是隊上的伙食委員，常到南寮採買，素霞小姐知道我和曾國英是鄰隊，曾向我哭訴她被劉中尉以權勢逼嫁的苦情，又說，如果她被迫成婚，她的心和身，阿山兵都得不到。但隔不久，我們聽到了消息：蘇素霞一則爲了要挽救情郎免再被折騰凌遲，二則不想讓親人爲難，終於答應和劉中尉結婚。

一九七四年七月十五日，素霞小姐藉到台東採辦嫁粧的機會，悄悄跑到知本某大飯店房間內喝下氫酸鉀農藥，七月十六日被發現時已香消玉殞，蘇素霞爲愛殉情了。

雖然，也曾有好幾對新生政治犯和綠島姑娘的羅曼史以喜劇收場，但至今只有蘇小姐這件淒美的愛情故事仍在火燒島流傳。

十三、泰源感訓監獄

不久，蔣家特工也察覺，火燒島居民之難於使喚，都是受這些政治犯新生所影響，除蘇素霞小姐和政治犯曾國英的愛情事件外，據說中國潛水艇曾出沒火燒島附近海域，使國民黨有了危機感，於是又在台東縣東河鄉的泰源建造了一座國防部感訓監獄。

三年後的一個早晨，起床後，值星官叫著準備行李，全部被點到名的人集合在處部操場，聽剛升少將還在暈船的唐處長(湖北人)致歡送詞：你們從那裡來，就回到那裡去！

我們第一批一百名無期徒刑政治犯兩人聯銬被押上漁船，一轉再轉，當天下午押到台東泰源國防部感訓監獄。

據說泰源監獄原是戰前日本人養馬的牧場，周圍栽培了咖啡樹，所以又說是咖啡園。監獄被厚牆圍起來，大約二甲多地，南牆圍邊建了二棟牢房，分爲仁監和義監，總共可收容三百多名政治犯。兩個監房的構造一樣，隔著約二公尺的通道，相對的厚牆牢房各有十四間，每個牢房有一個洗澡間，上部有流通空氣的鐵窗。

我們第一批從火燒島新生營來的一百名政治犯被分開，仁監五十名、義監五十名，我被分配到義監的九牢房。夏天空氣流通很差，但冬天從外面不斷颮進一陣陣冷風，夠使你腰酸背疼的。牢房內有自來水和抽水馬桶設備，光線很暗，氣氛陰沈沈的。我們每天有一小時放風「散步」，每日二餐伙食，但在這深山裡，我們的伙食要到十多公里外的台東市場採購。如果買菜車中途故障，等修好車輛半夜開回監獄時，所買的魚肉菜都已腐爛，隔天我們就要掩著鼻子，吃已腐爛的飯菜。

以前我在火燒島新生營勞動改造時，被折磨得患了胃腸病。來到泰源監獄，更加嚴重。我本來身高一七〇公分，如今瘦得只剩下四十九公斤，一星期雖有二次看病日，每次張醫師(以前空軍軍醫，因空軍案件入獄，被調到醫務室當外役)量我血壓，就搖搖頭說：「老黃！要補一補啊！」因我血壓太低又貧血，在這醫藥缺乏的監獄裡，根本就沒有什麼藥可治，尤其對無期徒刑的政治犯來說，患了重病，也不准保外就醫，只有聽天由命，因此泰源監獄有時一個月內就死了好幾個難友，我的同案陳光雲就是病死在獄中，有時一個月內也自殺死了好幾個，引起了監方的恐慌，地方檢察處派了檢察官來調查，最後還是不了了之。對張醫師好意的關心，我只苦笑以謝。

突然被關在這深山內的幽暗牢房裡，空間縮小了，人與人之間的磨擦也增加了。難友的政治意識不同，自然而然分了三派。一、中國人左傾份子和國民黨製台灣共產黨份子。二、國民黨派的中國人多數是軍人，也有國民黨的死忠份子。三、台灣獨立民主派：有軍人、醫師、老師、學者和企業界人士。

這裡的共產黨派中國人都比國民黨派中國人狡猾，心機重重，擅長挑撥離間，並操縱一些左傾幼稚病的中國人和國民黨製台灣共產黨員來孤立不和他們同流合污的台灣獨立民主派，我們雖寬宏大量不予計較，但如果他們得寸進尺，我們也會團結起來，以反孤立反打擊來對抗，使共產黨份子知難而退。監方的保防官也利用囚犯之間的矛盾，互相監視，互相磨擦，鬥爭的壓迫感充滿這幽暗的囚房，這對一個既無接濟又無期徒刑的人來說，等於是慢性的自殺。

在人生最黑暗的日子，我都以「忍」自勉自勵。我每日反省，不斷充實自己，激勵自己，同時也深信上天要考驗我、磨鍊我將來做一個有用的人，使我深信一定會突破這五層鐵門的惡劣環境，這機會將會來臨！

不久，從台北軍法局押來一批被判七年以下的阿兵哥，多多少少舒緩了全是無期犯的陰沉氣氛。

機會來了！監獄所分配的四部汽車因為沒有保養，時常故障，向在押政治犯徵求保養人員。這天，本監楊監獄官來問：「誰會修理汽車？」我曾在陸軍裝甲兵學校車輛指揮組擔任保養士官，符合他們的條件，被錄取了！我另外選了二位，一位和我同案，修車技術很好，姓陳；另一位和楊監獄官四川同鄉，姓許，他會駕駛，不會修車，但特點是會耍嘴皮。因我考慮到我和陳都是台灣人，而且都是無期徒刑，怕監方不放心，雖我萬分不願意這位姓許的中國人，但在這種環境裡，這就是台灣人無奈的悲哀！只好讓姓許的去和官方拉關係，耍他的嘴皮去。

我們在監獄成立汽車保養小組後，馬上開進一部ＧＭＣ大卡車，我們七手八腳，不到幾個小時就把這部卡車修好了，駕駛們非常高興，向獄方稱讚我們一番，不久也得到監獄官的信任。以後監獄長的小吉普車和中型吉普車都開進來保養，後來，我有機會和監獄長及各科科長接觸，尤其直接負責管理我們監牢的第二科丁科長，他是沈監獄長的親信。

有一天，藉丁科長叫我教他學開車的機會，我建議丁科長，用監內一甲多的荒地來開墾菜園：第一、請監方調用從火燒島新生營來的一批有種菜經驗的難友。第二、收成的青菜可以賣給監內的伙食團，以後大家(包括官兵)有便宜的青菜吃，有益大家健康。第三、官兵都有福利可分。獄方經過開會討論，我的種菜計劃被接納了。因爲我的建議，從火燒島新生營來的有種菜經驗的無期徒刑難友也被調出來開墾種菜了。

講起來很可笑，被調出外面種菜的左傾外省份子和國民黨製台灣共產份了，因長期被關在囚房裡，悶得發慌，現在有這麼好的機會可以到外面晒太陽，呼吸新鮮空氣，但他們卻都表示十分無奈和不願意，因爲他們怕被未調出的統派份子批評他們是和國民黨獄方合作的反動份子，影響他們自命前進份子的前途。在這種矛盾下，統派難友雖心裡歡喜，但表面上都不敢和我多講話，可是在沒有外人時，又向我頻送秋波，感激我的

作者與台東泰源監獄典獄長沈子誠合影

雞婆建議，他們才能被調出來當外役。其實他們暗地裡向官方拍的馬屁比任何人都響，他們的動作也得到科長、監獄長的讚美，但不管他們如何表裡不一，對我這推選人來說，也夠面子了。他們十幾個人嘀嘀咕咕著，不到二個月，就把一甲多的荒地變成了一片綠油油的菜園。由於菜園豐收，我們的伙食也改善了。監方的管理也放鬆很多，一日有三餐，二次放風，也可以打排球了。

兩年內，泰源監獄又陸續從火燒島新生營和台北調來很多難友，其中英文老師柯旗化和蘇東啓台獨案的一些軍校學生、教師、議員，連競選南投縣長失敗的廖啓川先生，都到了泰源監獄。以前外省統派份子、國民黨製台灣共產黨份子和國民黨死忠份子佔多數，如今從北部調來一批年輕的台灣民主獨立派後，各派平分秋色，不像以前犀牛瞪角般地勢不兩立了。

此時老母為我找到了一位保證人，我被調到監獄外的汽車保養場工作了。外面的活動空間大，我常利用星期日官兵外出時，偷跑到山地部落去了解阿美族的生活習俗。有一天我到泰源溪對面山腰一戶阿美族人家，遇到這家男主人，是二戰時帶領高砂義勇隊到南洋作戰的山地警察。我們都是經歷過二次大戰的南洋戰區戰友，講話很投機(都用日語交談)，他告訴我：這裡是母系社會，女孩子留家繼承，男孩子要嫁出去。他們也知道被關在泰源監獄的人都是知識份子的政治犯，我們同為二二八時台灣人沒有優秀領導人才而唏噓不已。

俗語說：居安思危，認識環境才能創造環境，以前認為不可能突破的層層鐵門，現在已實現！這是我們花了三年多的時間，從逆境中奮鬥出來的一點成果。尤其目前時局不利，國民黨在大陸敗退時屠殺政治犯的歷史教訓，使我們倍覺應如何和外界接觸，讓他們知道在這台東深山裡，還有一座關了很多政治犯的監獄。這時，我認爲非藉靠宗教力量不可。

有一天沈監獄長來看他保養中的吉普車，他是一位非常虔誠的基督徒，我在軍監時也曾聽過他的佈道。我藉機告訴沈監獄長，牢裡有很多難友信徒要聽他講道。沈監獄長聽了很高興，叫我星期天早上在牢裡幫他佈置道場。起初我還擔心如果難友們不領情、不捧場，不但沈監獄長沒面子，以後有利的建議也可能不被採納！幸虧我這擔心是多餘的，除少數幾個左傾大頭病表示他們是無神論者不聽之外，大部分難友都出來聽道了，試辦三個月佈道會，非常完滿成功。我很感謝台灣民主獨立派的吳鐘靈先生和很多同志的捧場。

十四、監獄洗禮

達成試辦牢裡佈道不過幾天後的一個上午，我又遇到沈監獄長，感謝他三個月來傳播上帝的福音，帶給難友們如沐冬陽的溫暖。又說很多難友希望監獄長能給他們洗禮。沈監獄長說他沒有資格給難友們洗禮，洗禮一定要請外面教會的牧師。但要外面教會的牧師來這裡佈道，沒有軍法局的許可是不行的。沈監獄長答應要向軍法局請示後再告訴我。在這期間，沈監獄長不斷向軍法局請示，感動了軍法局長，才准了台東浸信會派一位美國的海牧師來這與世隔絕的監牢佈道。

由這佈道的機會，海牧師漸漸了解我們都是冤枉的，都是虔誠的台灣基督教徒，而不是如國民黨政府所宣傳的匪諜共產黨徒。每次佈道時，我一個人要花三十多分鐘從外面的官兵餐廳搬桌椅到監牢內的仁監操場佈置會場。但有這機會能給難友們出來吐吐空氣，活動筋骨，辛苦也值得。

一個多小時的佈道後，等外國牧師和監獄長快要離開時，有一些也利用這機會出來活動筋骨的左派份子竟故意把分給他們的聖經宣傳單丟了滿地，我知道這表示他們是不信耶穌的無神論者，他們得了便宜又賣乖的幼稚動作和我的化敵爲友的觀念不同，爲了大局，我忍了，只好把這些宣傳單快快撿起，免得讓外國人和監方看笑話。

這批國民黨製台灣共產黨份子和不滿現實的投機左傾份子，怎麼知道在這惡劣的險境裡，有人正用心良苦要把這人間地獄創造爲人間天堂呢！

有了大家的努力，過去的荒地如今變成綠油油的菜園，伙食方面，監方准我們自己選伙食委員，伙食改善了，連放風的時間也增加了，而且過去被禁止的仁監和義監難友的交談，現在也可以利用排球比賽的機會互通了。在學術方面，獄方也准我們辦日語和英語補習班來充實自己。值得一提的，監方也准予我們向外界投稿。在這被外界稱爲文化沙漠的台東，中央日報台東分社所收的報費竟不夠支付這裡的稿費！這是中央日報寫方塊專欄的文壽先生寫的。這位先生大概不知，中央日報副刊的好文章，有一部分是台東泰源監獄的一批知識份子寫出來的。我在修車的空閒，也向外界的暢流雜誌投了一篇靈學在日本，另外新生報和中央日報副刊都有我的作品。

浸信教會來佈道二個月後，海牧師宣佈：聽道受感動的信徒可以報名參加洗禮。我在新店軍人監獄已由美國軍事顧問團的一位美國牧師施洗過，但那美國佬牧師的洗禮未免太偷工減料了。我們一共二十幾個人受洗，他只用一小杯清水，在每一個受洗者的頭上滴兩滴，像滴眼藥水似的，意思意思就算了。這次我參加海牧師的受洗典禮，實在太周到了。當我受洗時，牧師叫我閉息，就天子天靈天父唸唸有詞地把我全身倒浸在溫水桶裡，當牧師把我拉出來時，全身溼漉漉的，差一點感冒了。你可不要小看牧師洗禮的一舉一動，這是有學問的，信徒們經牧師倒栽水裡一泡起來，就變成主內弟兄了，此後即可和主內的監獄長稱兄道弟了，阿門！

十五、泰源事件

我的辛勞終有成就，正暗自高興，卻因一位從馬祖抓來的年輕外役的逃獄而改觀了。本來監獄的管理就分兩派。一派以監獄長爲主，以基督耶穌的博愛來感化對蔣政權不滿的政治知識份子，另一派是國民黨的死忠份子，不滿監獄長對叛亂犯這樣寬大放鬆的管理法，於是利用這次馬祖少年外役逃獄（雖然不到一星期就回籠），向軍法局告了沈監獄長一狀，不久，沈監獄長被迫退休，換了一位陸戰隊的馬監獄長，名字叫什麼良的，我們都乾脆叫他「馬不良」，眞是一朝天子一朝臣，不久監內非馬人馬都被調走，換了清一色的海軍陸戰隊官兵。我知道馬不良這批海軍陸戰隊是在台灣從陸軍改編的雜牌軍，因筆者在二二八逃亡時，曾投考在大陸福州馬尾成立時的第一批海軍陸戰隊教官。

我現在也難和這些雜牌陸戰隊官兵拉關係了，不久連我這修車的外役，也被調入獄內當義監的外役。在這一段時間，我常幫助台灣獨立派的同志，其中英文專家柯旗化正在編國中英文法而得了胃病，因冷開水對胃不好，我把自己的小溫杯(牢裡的禁品)偷送給柯旗化用，被外省的外役頭吳開玉知道，報告給三個耳朵的聶監獄官，我就此又被關入了牢房。但萬萬想不到

泰源事件罹難者追思會(2001年5月30日)

和我同被關入這牢房的，竟是泰源事件主角，軍官學校學生江炳興，我有機會教這同鄉後輩日文，這是上天的安排，還是巧合？

江炳興知道我有一段時間在外面修理汽車，常在我教他日文時，問我監獄外面的周圍環境，我知無不言，言無不盡，告訴他泰源的地勢環境等等。不久，監獄保防室調來一位保防官，是江炳興的軍校學長，所以他又被調到外面當外役了，但晚上回監時還是和我同房，我繼續教他日文。半年後，他每晚回房總問我一些敏感問題，如監獄對外的通信情況和國民黨組織對山地人的影響等等。還告訴我監獄的警衛連連長是他的學弟，有台灣意識，政治觀念和他一致。我提醒他不要輕估國民黨組織對山地人的控制，時機未成熟，不可輕舉妄動。

一九七〇年舊曆年快來臨了，我們感覺不出春節的氣氛，反而是暴風雨前的寧靜，靜得令人不安！雖然牆外不斷傳來敲鑼打鼓聲，也掩不住一波波山雨欲來風滿樓的氣息。二月八日中午，一聲槍響震破了這冷靜山域，爆發了驚動萬教、轟動海內外的泰源監獄暴動事件！

時當農曆新年初三，在江炳興領導下，幾位台灣獨立民主派的年輕政治犯趁監獄當局戒備鬆弛的換哨時刻，先欲從衛兵接收一把槍，但被帶班的中國老下士阻止，另一位隊員拿起短刀就捅了那中國老下士的胸膛，中國老下士倒地卻沒死，拚命呼叫：「殺人啦！殺人啦！造反了！」這叫聲驚動了獄方，緊急關上大門。

江炳興領導的預定計畫出了差錯，起義終歸失敗，六位台灣勇士朝天開槍，發出失敗的信號給監內準備接應的同志，匆匆攜帶兩把槍踉蹌逃進山中。監獄倏然警戒森嚴，全台東地區也實施戒嚴，還派來一個師團的軍隊，不斷搜索附近山區。這幾位台灣勇士逃亡期間，我們在監牢裡的難友們眞個是度日如年。

不久牢房人員大調動，我又調到和柯旗化老師同房了。周圍憲兵三步一哨重重包圍，屋頂上還有直昇機日夜不停盤旋監視，深夜裡特務人員不斷押著難友出去訊問，這種緊張恐懼，壓得你透不過氣來。

我和柯旗化老師不時祈禱，但願這幾位台灣勇士能平安逃過一劫，但也許上帝對蔣家的國民黨獨裁政權也無奈，六位台灣勇士逃亡十天後終於全部被捕。

六位台灣勇士在國民黨特務嚴刑凌遲下，爲台灣人的尊嚴，寧可打斷牙齒和血吞，也不願出賣獄內同志，最後勇敢地伏義了！六人當中，五人被判死刑，一人判十五年徒刑。在警衛連方面，台灣士兵也被槍斃了幾個。由此可知，起義失敗的代價就是死亡，既然要起義，就不容失敗。

十六、回押綠島感訓監獄

泰源事件後，馬不良監獄長被撤職，他的看守班底也被換成清一色的中國籍憲兵。新監獄長是從軍法局派來的上校軍法官，肥肥胖胖的，這老兄開口就是法辦，閉口就是槍斃，是蔣家的死忠份子。當六位義士被捕後，三步一哨的憲兵撤出，台東的戒嚴也解除了，這時又換了一位憲兵監獄長。他確實是不簡單的人物，會抓準政治犯的心理，以軟硬兼施的管理手段，使人心浮動的政治犯平靜了一段日子。

同一時期，國防部也進行政治犯再集中火燒島的作業，在綠島新生訓導處接近公館的第三大隊住址修築了二層樓的感訓監獄。

一九七二年四月下旬，泰源監獄全部政治犯受命打包行李。夜晚二點左右，來了許多憲兵，用繩子把受刑人一一綑綁，再幾個人綁成一串，每人上手銬，三點多押上軍用卡車。

國防部感訓監獄：綠島的綠州山莊，泰源事件後，政治犯再被押入的地

車子在黑朦朦的清晨四點開動了。不久來到台東附近海邊，沙灘上臨時搭了帳棚指揮部，也派了一位少將坐鎮指揮，在海灘周圍有憲兵警戒，我們一串串地下了卡車，受令蹲在沙灘上，只聽憲兵隊長大聲地叫囂：「不服從命令就打！」

不久，從遙遠海上的登陸母艇開來四艘上陸艇。三百多名受刑人分乘四艘上陸艇，立即開進在海上的登陸母艇肚裡。下午二點到達火燒島南寮漁港。上陸後，被押上卡車駛向火燒島公館綠島感訓監獄。

這感訓監獄又叫綠州山莊，高高的水泥牆圍住放射型的雙層樓建築，分六區，我被分發到一區一房。這房共十個人，除我、楊駐日武官、一位高中生是台灣人外，清一色中國人，其中有一個死忠蔣介石的裝甲兵中校馬正海，老婆是中風的國代，屬蔣緯國派，因得罪了蔣經國而被關進來。馬正海知道我曾在裝甲兵學校服務過，認爲我和他都是蔣緯國派，對我特別好。其實天曉得我是道道地地的台灣派，和這些中國人一點關係都沒有。還有一位是調查局專員余振邦，福建人，會說閩南話，這少將級的高級特務因派系鬥爭鬥不過對方而被關進來，特別敏感，一天到晚都疑神疑鬼的，老認爲一定有人監視他，偏偏這個時候我莫名其妙被監方派爲室長，增加了這位特務專員的疑心，認爲我是官方派來監視他的，所以對我這一區唯一的台灣人室長特別拍馬屁。

這幾天下了幾場大雨，火燒島山坡地的樹木也變得綠油油的，我正向鐵窗外的山坡地凝視時，突然山坡地的土壤像泥水般崩潰了！紅黃色的泥土如洪水般衝向監獄的高牆，說時遲那時快，監獄厚厚的水泥牆經不起衝力，一瞬間倒了下來，就那麼巧，一位正走在牆邊的外役林達三(台中市人)走避不及，被活埋了。這是我第一次看到的土石流！

一九七五年四月五日，一早起來就看到看守憲兵很緊張地走來走去，每個憲兵右臂彎上都掛著黑紗，如喪考妣地裝著苦瓜臉，不敢和我們多說話，我們一猜就知道，一定是蔣介石死掉了。我們心裡暗爽，但表面上還是裝著什麼都不知道的呆相。不久，蔣介石的死亡公開化了，同時公佈假釋政治犯的消息。聽說五條一項也包括在內，我半信半疑地偷偷看了一下已藏得發黃的判決書，果然我也有份，這突然的消息使我的腦袋一片空白。雖說不久就要告別這漫長的黑獄生活，但一想起要踏入已告別廿四年的未知社會，也茫然了！

蔣介石死後快一百天的一個早晨，我被調到樓上四區辦理各種手續，並做好重回社會的各種心理準備。

十七、跨出監獄大門

一九七五年七月十四日，一百名假釋犯被集合在講堂邊的操場上。我被點名排在最前頭，不久監獄大門打開，值星官「向前走」的號令剛喚出，我百感交集，挺胸踏出第一步，迎接我的第一道陽光曬滿身上，心內不覺大喚，我又看到太陽了！

我們上卡車到南寮漁港轉坐漁船。今天是風浪平靜的好日子，不久就到了福港，再乘上行中部的遊覽車，到台中警察局時，已是黃昏時刻。在家母、弟媳婦、妹妹和外甥女的迎接下，我在警察局辦理交保手續，條件是：五年監視期間內，每星期要向管區派出所報到。

出獄第一天晚上，我回到妹妹家。

離開已廿四年，這似曾相識的都市是我兒時成長的故鄉，過去的田園已建了很多高樓大廈，路上車水馬龍，廿四年被孤立在黑獄裡的我，突然間還眞無法適應而寸步難行，夜間，一閃一閃的霓紅燈使我眼花撩亂。

廿四年前大家公認最前進份子的我，如今似被蔣家的黑獄磨得變土了。但我的腦筋比以前更敏銳，反應也更快。青年時期被環境迫著走萬里路，回到台灣再被環境迫著在黑獄裡讀萬卷書，我慶幸沒有被惡劣環境打敗而意志消沈，反而我更勇敢去迎接這惡劣環境的挑戰，把這人生的打擊當做上帝的試煉，最後我戰勝了。

住進妹妹家的頭幾天，老母親忙著帶我到各寺廟還願，其實我內心最掛慮的是早些回南屯祖厝走走看看。二十四年了，祖厝不知變成怎樣？有那些人住在祖厝？黃家的田地是誰在耕種管理？戰時我從南洋寄回來的錢，請阿興叔代買五分田地，不知有無耕作？再者，我身爲黃家大房大孫，經歷長年的「杳無音訊」，如今獲釋歸鄉，理應回祖厝告謝祖先庇佑之恩。可是，離鄉廿四年，我未曾盡過應盡的孝道或義務，而俗世多桀，又豈是我今日所能揣想的？我四處打聽，得知曾祖母和嬸婆去世後，黃家的二房養子阿興叔繼承了黃家的所有財產，阿興叔在一夜之間變成了大富翁，他育有五男二女，全家人都是國民黨的忠貞黨員，在地方上是「呼水會堅凍」的「柱仔腳」，而且，他的大兒子也擔任民眾服務站的副書記。一番的深思熟慮，深深體認環境會改變一切，也會決定人之意識，以我目前的處境，想回南屯祖厝拜公媽，看來是要有所心理準備的。

十八、犁頭店竹圍老家拜公媽

半個月後，我動身回?別廿四載的犁頭店竹圍老家。走進大稻埕，一眼望向正廳，三合院的建物依舊，前面的水池清澈如昔。西邊的空地上多蓋了一排房舍，第一間是廚房，連接著的應是臥房，我心裡納悶著：「這是誰住的？」繞至後面的空地，粗壯茂盛的水果樹上結滿累累果實，猶記得少小離家時，這排果樹長得跟我一般高，正想走近尋找我種的那一棵果樹，一個八、九歲的小孩子倉皇跑到我面前：

「人客，你要找誰？」

這似是熟悉卻又語帶陌生的突來問話，頓時使我停下腳步，呆楞住了，一句話都說不出來。隨後跟來的小婦人也問起：「先生，你要找誰？」

這才讓我清醒過來，說：「我要找阿興叔！」

小婦人說：「多桑去役場，馬上就回來，請入來坐！」

小婦人轉身帶路走在前頭，我隨後跟著。

不久，耳邊傳來幾個小孩叫嚷的聲音：「阿公回來了，阿公回來了。」

小婦人併步快走，我的腳步也隨著跨步，走到了大稻埕，眼前站著一位白髮皤皤的老頭子，這會是才大我三歲的阿興叔嗎？我離開老家時，他正是個英俊的年輕小伙子，眞是歲月不饒人啊！阿興叔也一臉錯愕地望著我，我們像是熟識的陌生人，一時之間都難以說出第一句話，相視許久，阿興叔還是沒開口，只右手一揮，示意我進屋去。

坐定後，小婦人端來茶點，我趁勢倉促問道：「阿叔別來無恙？」

阿興叔沒有應聲，呼著小婦人和小孩們的名字，對他們說：「你們要叫他大伯！」

一群小孩七嘴八舌地叫大伯，叫得我有一點不知所措，原來這位小婦人是我當年離家時才八九歲大的大堂弟的妻子。

接著，阿興叔向弟媳婦介紹我這位坐了國民黨廿四年黑獄剛出來的大伯，她像看一個三頭六臂的怪物似的，瞪大眼睛打量著我，那模樣，使我想起了「少小離家老大回，鄉音未改鬢毛衰，兒童相見不相識，笑問客從何處來」的詩句，我這時的處境，不正是這般的寫照嗎？

此番介紹後，阿興叔的神情又沉默下來了，我很想與他多說些話，卻又不知說些甚麼好。起身走到正廳，點了三柱香向祖先牌位祭拜後就轉身步出大廳。瞄一眼我曾住過的房間，依然是住房的擺設，但不知現在的主人是誰？水池旁的雞寮竹門上貼著春聯：「六畜興旺」，是的，阿興叔一家的確是人丁興旺，只不過，這個我曾居住十幾年的祖厝，除了讓我留下無數童年回憶，似乎已遺忘我這個子孫，我惟有將眷戀與不捨隱藏內心深處，抱著落寞寡歡的心情，悻悻然回到妹妹住處。

出獄後的生活

一、夫妻攜手為民主打拚

回南屯祖厝拜公媽後，爲了生活，我到處找工作，但一個五十歲的老人，找工作實在不是一件簡單的事，到處託人介紹，好不容易找到了工作，可是不到幾天，警察局對保的中國員警就來找老闆，跟老闆明說我坐過「匪諜牢」的身份，隔天老闆就不敢再聘用我了。因此，出獄後的四、五年，我不管走到那裡，都有人監視，要在別的地方過夜，也必須事先報備，雖說是出獄，行動還是時時受監視，另外，我還被褫奪公權十年，人身不受保障，人人避我猶恐不及，但還有幾位有正義感的台灣工廠老闆敢錄用我。

度過五年監視，我去了一趟日本，回台灣不久，在偶然的機會裡認識了王昭娥女士，她是豐原人，知道我是反蔣家外來政權的良心犯，不但不藉故疏遠，還在親朋好友訝異不解的眼光下，做了一個勇敢的決定，和我共組溫暖的家庭。

不久，發生「美麗島」事件，在國民黨的高壓下，民主運動陷入斷層危機，我不加思考，再度投入民主行列。

太太也和我一起投入民主運動，她還因此累出糖尿病來。戒嚴時期我們常常上台北街頭遊行、抗爭，台中縣民主的發源地，可以說就是我們大屯區。有一次我們夫妻兩人上台北爲了參加「國會全面改選」的遊行活動，夜宿體育場，又遇到下雨，由於女性上廁所比較不方便，慇久了身體容易出毛病。但我太太都不會怨嘆，她說「歡喜做，甘願受」，只要台灣的民主進步，我們就心滿意足，我們的犧牲就有價值。

我入獄後，財產都被親戚佔去，出獄後可以說是窮光蛋一個。所幸太太還未嫁給我之前，自己有一些積蓄，結婚後她也心甘情願地賣了兩棟房子讓我從事民主運動。以前參與政治活動的人，經濟狀況都不是很好，有的是背著太太偷偷來參加，所以只要來參加活動的人，我們一定會準備便當等吃的東西，至少讓大家吃飽。爲此賣掉房子，我覺得沒有關係。我太太大概也是認爲我也沒有什麼不良嗜好，只是不滿國民黨欺負台灣人，所以要爭取民主自由，讓後代子孫有自由生活的環境。

後來她也走出廚房，和我一起上街頭「並肩作戰」。有時候男人比較沒有那麼細心，我們發動「街頭運動」時，平常都是由她帶隊，並擔任我的秘書、助理，打點所有的事情。例如之前我們帶隊到台北抗爭，她都會等遊覽車上的人都到齊了，才請司機開車。另外「桃園機場事件」[1]發生時，就是許信良從美國回來那一次，我們也到機場聲援，那時只有我太太一人成功地溜進機場，幫他舉旗子。

[1]1986年流亡美國的許信良發起「遷黨回台」運動，聲援島內黨外菁英組黨活動，並於當年11月率領大批海內外同鄉闖關回台，遭國民黨阻止其入境，因而爆發「桃園機場事件」。詳見：許信良年表http://www.hsu.org.tw/white/w-self.htm。

大屯區民主聯誼會公開成立週年會

二、「大屯區民主聯誼會」

我們後來搬到太平市，剛好王世勛是當時《台灣時報》中區的處長，他邀我到《台灣時報》服務，而我太太那時是《首都早報》的主任。

當時的大屯區可以說是政治沙漠，一切都被國民黨把持著，因此我在1986年成立「大屯區民主聯誼會」，並擔任創會會長，包括現任立法委員林豐喜也曾是我們的會員。那時晚上我們開會，幾個人聚在一起談話，就會有「抓耙子」跑去密報，不一會兒警察就來了，來我們這裡「泡茶」，我這裡又不是茶店！所以我們成立「大屯區民主聯誼會」的過程也是相當辛苦，晚上我太太還要煮點心給同志們吃。

另外，我也是民進黨的創黨黨員之一，我還以聯誼會爲基礎「招兵買馬」，讓民進黨慢慢在大屯區紮根，招募了許多黨

作者當選民主進步黨台中縣黨部評議委員會召集人

員。民進黨台中縣、市黨部都是我輔導成立的，在我們的經營下，台中選出了第一位民進黨籍的立法委員，後來陸續有民進黨籍的公職人員當選，這是過去都沒有的。

不過，我後來選擇退出民進黨，因爲我們認爲民主的道路已經架好，該讓年輕人接棒，而且因爲一些以前支持的人的言行已經變質，所以就退出了。我們夫妻兩人自許爲「民主農夫」，我們只想播民主種籽、傳播民主理念，讓民主發芽生根，我們不要一些虛名。

三、辦演講宣揚理念

我們曾經辦了一個很成功的活動，就是從台中縣議會點燃民主聖火，聖火的車隊繞了台中縣的三個鄉鎮，整個台中因而轟動起來。當時在國民黨的控制之下，從來沒有人敢這麼做，因此國民黨的警察也有些害怕，不敢制止我們，否則在以前都會打壓。

另外，我們還辦演講會，傳播民主理念。1986年我們在霧峰樹林戲院旁的空地搭台子辦第一次的演講。我們邀請當時的十一名民進黨籍國大代表，包括蘇嘉全、林宗男、翁金珠等人來演講，呼籲國會全面改選。我們當時的訴求還包括：海外的鄉親自由出入台灣、廢除黑名單、釋放台灣的政治犯等。當時還沒解嚴，國民黨會偷偷地抓人，爲了保護這十一名國代，我太太在台上公開說這是個人的行爲，如果要抓抓她一個人，她會挑起所有的責任。那時氣氛還很緊張，有人來聽我們的演講會，還會戴口罩，躲在樹下，我們就呼籲大家不要怕，不要再沈默了，要拿出勇氣，站起來爲民主、爲後代子孫打拚。我們就這樣宣揚理念，使大家產生共鳴，才會有人不斷地加入我們的

1989年作者與柯旗化攝於鄭南榕出殯日

行列。

戒嚴時期，大家多少都會害怕，因此必須先打破台灣人恐懼的心理，讓大家知道像我這樣被關了二十四年的人都不怕了，以後大家就會願意站出來。那段時期，每次動員都有二、三百人，來參加的人包括許榮淑、王世勛，甚至連黃信介也曾來參加我們的活動。現在看起來，我們的犧牲都有達到目的，早期有人罵我們遊行是妨礙交通，漸漸地大家甚至願意站出來。如今我們樂於見到民主的果實，雖然我們沒有「坐轎」，但是我們「抬轎」也抬得很高興。

國會全面改選訴求活動，作者挺身民主聖火指揮車

四、「台灣公共權益協會」

在國民黨主政之下，社會沒有公道，弱勢受到欺壓，我們希望能為弱勢團體做點事情，於是成立了「台灣公共權益協會」（TASR），後來我還擔任「政治受難者聯誼總會」的常務理事。

我們夫妻倆都是扶弱不扶強，要為百姓主持公道，為弱勢討權益。例如大約十年前，我們協會曾經包圍大甲分局，因為大甲分局有一位刑警，開車撞倒兩名住在后里的孩子，一個十九歲，一個十一歲，摩托車被撞爛，其中一人的雙腳斷了。兩

作者與柯旗化（左起第三人）參加台灣政治受難者總會遊行

名孩子的父母親都是工人，家裡沒什麼錢。但肇事的刑警在同事的包庇之下想結案了事，對傷者置之不理。

事發很久之後，苦主才來協會找我們幫忙，只希望肇事者負擔醫藥費和賠償摩托車。於是我們協會在報上登聲明，我們要去大甲分局抗議他們欺負弱勢。結果當天我們集合協會的成員，組車隊、拿白布條、麥克風、帶著雞蛋到大甲分局抗議。在我們的包圍之下，對方最後願意協調，答應負責醫藥費、賠償摩托車七萬元。

五、對施明德等人感到失望

泰源事件主角江炳興的父親過世，公祭時施明德遲到，難友們覺得很不滿。施明德很會作秀，我聽說在國民黨執政時期，他曾經威脅要將一些事情告訴當局。這次立委他沒選上，

參加建立新國家運動遊行（1996年2月27日）

我看他以後不可能再有什麼發展了。他落選時說，台灣人民虧欠他[2]，我認爲他實在失言，我們肯定他過去爲民主的奉獻，所以大家才讓他當了兩次的民進黨黨主席和三屆的立法委員。他在坐牢時，我、我太太和施明德的妹妹施明珠一起到監察院抬棺抗議，要求釋放施明德，爲了營救他而奔走，但施明德出獄後的言行卻逐漸變質，令人失望。我認爲台灣人並沒有欠施明德什麼，台灣人眞正虧欠的，是那些爲台灣民主犧牲的烈士們。另外像陳文茜、許信良這些人，我現在都看清了，全都走樣了。

許信良被關在土城看守所時，我和我太太兩個人還曾經去看他，沒想到現在他變成這樣。我現在只想好好寫我的書，對歷史有一些交代就好了，不然我怕哪天得了老年癡呆症，事情都忘記了，對歷史沒辦法交代。

[2]受訪者所述有關施明德於2001年立委選舉落選時所發表的言論，近似的發言紀錄僅查到施明德在選舉結果公佈的第二天曾說：「落選不是我個人的損失，而是台灣人民的損失。」詳見：《中時晚報》，〈北市配票打亂選情 擠掉政治明星〉，2001年12月2日，第2版。

南投埔里二二八事件烏牛欄戰役紀念碑。左：南投縣議員許阿柑，右：黃金島夫婦。

〔附記〕

我與二七部隊「部隊長」鍾逸人先生之間的歧見

我與鍾逸人先生不合的主要原因，是因爲鍾逸人曾經來找我，希望我照他的意思來陳述「二七部隊」的歷史，並希望我講好的一面，至於他逃走的事則不要提。但我認爲歷史眞相如何就是如何，要說實話。

鍾逸人在所著《辛酸六十年》一書提到二七部隊擁有三、四千人。事實上「二七部隊」是由埔里隊(黃信卿爲首)、中商隊(何集淮、蔡伯勳爲首)、中師隊(呂煥章)、警備隊(黃金島)、建國工藝學校學生隊(李炳崑)以及三五自發性的民眾組成的，每一小隊不過二十人左右，整個二七部隊最多也只有二百多人。[1]鍾逸人說進去埔里後，他帶一隊，謝雪紅帶一隊，我也領導一支幾千人的部隊。我覺得這是缺乏軍事常識的說法，幾千人部隊的糧食、彈藥從何而來？囤積在哪裡？後人一求證就知道了，歷史怎麼可以「膨風」？不屬實的事，不能亂說。

---

[1] 有關「二七部隊」隊員人數，鍾逸人的說法是有三、四千人以上；古瑞雲則表示，隊員總數有四百名以上；官方資料則有「奸僞謝雪紅(前台灣共產黨中委)集合武裝暴徒千餘名于能高區埔里一帶，企圖未明…」的紀錄。詳見：鍾逸人，《辛酸六十年》，頁552-555；古瑞雲，《台中的風雷》(台北：人間出版社，1994年)，頁58；中央研究院近代史研究所編，《二二八事件資料選輯(四)》，頁457。

此外，鍾逸人說部隊來到埔里的時候，他遭人挾持，是我帶兵將他營救出來的[2]，這也是子虛烏有的事。事實經過是：3月14日上午，我帶我那一隊的士兵出來巡邏、勘查地形時，在烏牛欄牛觸角附近攔檢一輛公路局車輛，正好在車上看到鍾逸人，他說：「蔣軍廿一師已到台中市，快攻進來了！」我回到武德殿司令部問古瑞雲，他說鍾逸人部隊長從未踏入過武德殿一步。結果鍾逸人卻說是我帶兵去救他，他編這個故事出來，還要我幫他背書，我當然不願意。大家都是戰友，沒有道理不合，可是做人要說實話。

最叫人痛心的一件事是，當二七部隊退入埔里時，第一個逃走的，便是身爲「隊長」的鍾逸人。鍾逸人一個人住在旅館裡，沒有和部隊弟兄在一起同甘共苦過。3月12日晚上，他送阿里山高菊花、汪玉蘭、方美英三位師範女學生到草屯後就回台中市。隔天，他到銀行領取社會人士捐給二七部隊的糧款十萬元(這是謝雪紅募來，交給他保管的，當時可買成排的樓房)，隨後趕到草屯投宿旅社，深夜時遭到草屯青年扣留，後來被草屯人士洪金水救出。3月14日早晨，他帶著公款十萬元逃出草屯，還說分了五萬元給古瑞雲。[3]

我出獄後沒多久，聽說古瑞雲罹患肺癌，擔心鍾逸人捲款潛

[2]詳見：鍾逸人，《辛酸六十年》，頁563-568。

[3]在《台中的風雷》一書中，古瑞雲表示，「鍾隊長未曾給我分文……，至於《辛酸六十年》提到他曾給我五萬元一事，絕非事實，也是不可能的。因爲自從3月12日在上述旅館分手之後再也沒有見過他。」至於賣軍襪所得的五萬元錢糧，古瑞雲書中也說，他在大肚時把剩下的四萬元悉數交給了謝雪紅。詳見：古瑞雲，《台中的風雷》，頁85-87。

逃一事「死無對證」，於是到大陸訪問古瑞雲。因爲另有傳說「二七部隊」的十萬元錢糧是古瑞雲拿走的，但我認爲當時古瑞雲坐守武德殿，關於錢的事，他應該不清楚。我去訪問古瑞雲時，證實這十萬元是鍾逸人拿去的，古瑞雲所有的五萬元，是他變賣日軍留下的軍襪，作爲部隊的伙食費和走路費 。這次的訪問，我還錄影存證。

鍾逸人在寫《辛酸六十年》這本書時，有時打電話問我一些細節。他曾經說「二七部隊」在別處還有一場戰役，很多人看了之後問我，坦白說，我不知道，我只知道「烏牛欄戰役」，甚至鍾逸人跑去哪裡，我也不知道。「台灣教授協會」的教授們曾經來找我，想瞭解有關戰役發生的地點與經過，我帶他們和鍾逸人重回現場，當場說明「烏牛欄戰役」的經過，大家才瞭解戰事是在這裡發生的，但過幾天，有人告訴我，鍾逸人又帶了另外一批人到現場解說。

我覺得這沒關係，事實就是事實，他要怎麼說無所謂，但歷史要講實話，讓下一代的子孫知道眞相。我們都已經七、八十歲了，不要作歹模樣。我認爲我們要向歷史清清白白交代，這樣做人才有意義！

我若不是爲了在烏牛欄戰役中犧牲的弟兄們，實在不願在這裡揭開這個事實。其實，有名無實的部隊長鍾逸人怕死逃跑也無所謂，但他不該將我們的糧款佔爲私有，置我們生死於不顧。

這個歷史事實，以往爲了大局，我都不願講，但一想起在烏牛欄戰役的弟兄們，我實在至今無法釋懷。所以今天我才將這歷史事實公諸於眾，讓歷史學家和鄉親做公正的審判，也許可以使我稍解心理傷痛。

過去在國民黨統治之下，爲避免國民黨將我與鍾逸人意見相左的事加以醜化，所以我從來不曾和他發生爭吵，但我現在的態度是，鍾逸人說鍾逸人的，我說我的，一切交由歷史學者判斷，但是要我照別人的遊戲規則，幫別人背書，絕對不可能。以前學者要研究這段史實，往往只有鍾逸人的說法，有些學者要找我，鍾逸人都告訴他們，說我「被關得腦筋有點不正常」。後來這些學者碰到我，才知道其實我根本沒有不正常。唉，「天地顚倒反」有時盡，歷史良心終將證明：到底是誰不正常？

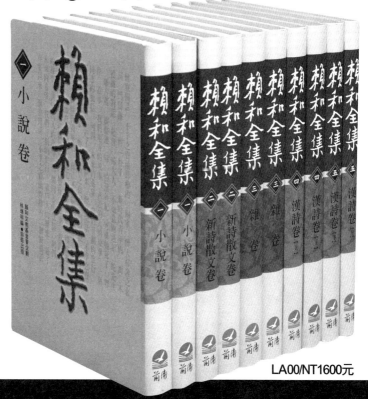

國家圖書館出版品預行編目資料

二二八戰士：黃金島的一生 / 黃金島著；潘彥蓉、周維朋整理．
-- 初版．-- 台北市：前衛，2004[民93]
240面；15X21公分
ISBN 957-801-453-8(精裝)

1. 黃金島 - 傳記

782.886　　93020807

二二八戰士：黃金島的一生

著　　者／黃金島
文字整理／潘彥蓉、周維朋
責任編輯／番仔火
美術編輯／方野創意、周奇霖

前衛出版社
總本舖：112台北市關渡立功街79巷9號
電話：02-28978119　傳眞：02-28930462
郵政劃撥：05625551
E-mail:a4791@ms15.hinet.net
http://www.avanguard.com.tw

出版總監：林文欽
法律顧問：南國春秋法律事務所・林峰正律師

凌域國際股份有限公司
地址：五股鄉五股工業區五工五路38號7樓
電話：02-22983838　傳眞：02-22981498

出版日期：2004年12月初版第一刷

Printed in Taiwan　ISBN 957-801-453-8

定價／250元